JN034016

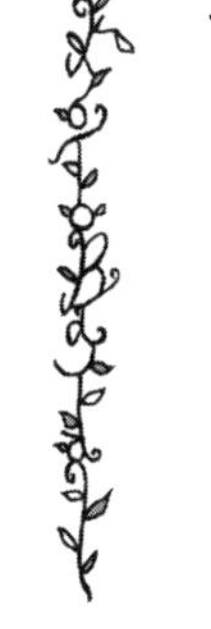

言葉屋

❽ だんだん階段でまちあわせ

言葉屋❽

だんだん階段でまちあわせ

もくじ

第一章　軌跡の交換

「……やった！　詠子、奇跡だ！　奇跡が起こったよ！」

「……え？」

中学三年生の春の始業式。

こうして、しぃちゃんとクラス替えの結果を見るのも、とうとう三度目となった。

その三度目の結果を受けてしぃちゃんは、詠子のとなりで跳び上がらんばかりに大はしゃぎをしている。しかし詠子は、しぃちゃんのそのよろこびの声に、すぐに反応することができなかった。

詠子は、ぼんやりとしていた。

そんな詠子にしぃちゃんは、詠子のぶんどころか、全世界ぶんのよろこびを一手に引き受けたかのような笑顔を向ける。

「ほら！　ほらほら見て！　ここ！　アタシの名前！　ここ！　詠子の名前！　アタシたち、やったよ！　とうとうやったよ！　とうとう、とうとう同じクラスになれたんだよ！　ヒガンタッセー！　悲願達成だよ！　遅すぎた！　遅すぎたけどね！」

　大きな笑顔で両腕を広げ、今にも踊り出しそうなしぃちゃんを、あたりの同級生たちはくすくすと見やり、下級生たちはものめずらしそうにちらりと見て、通りすぎていく。

　詠子は、その人の流れをぼんやりと見送り、そしてようやく、おどろいた。

「……え？　え！　同じ、クラス？　同じクラス？　しぃちゃんと、私？」

「そう！　そうだよ！　よろこぼ、詠子。よろこぼ！　……詠子？　どした？　うれしく、ない？」

　と、詠子の両手を取り、ぴょんぴょんと跳びはねていたしぃちゃんが、一向にしぃちゃんのところまでのぼってこない詠子のテンションを見つめて、万歳しかけていた手をゆっくりとおろす。それで詠子は、しぃちゃんのその不安げな表情に向かって、ぶんぶんと首を横にふった。

「ううん、ううん、ちがうの、ごめん！　なんか、なんだろ、知らず知らずのうちに、しぃちゃんと同じクラスになること、あきらめちゃってたのかもしれない。きっと、中学ではしぃちゃんと運命がうまく重ならないんだ、今年も無理だろうって……。だから、なんかびっくりしちゃって……」

　言いながら詠子は、クラス分けの名簿が載った手のうちのプリントの、自分の名前としぃちゃんの名前をそれぞれそっと指でなでて、ほほえむ。その詠子らしいゆっくりで静かなよろこび方にほっとしたのか、しぃちゃんはようやく落ちついて、しかし、続いて複雑な表情で視線をななめに落とした。

「でも、ばなっちとはクラス、はなれちゃったね……。あ、でも、語はいるけど！」

　しぃちゃんの言葉を受けて、詠子の眉は上がり下がりをくりかえす。

　そう、詠子と同じタロット同好会で、中一、中二と詠子とクラスがいっしょだった橘明音ちゃんとはここに来て、クラスが分かれてしまい、中一の時に詠子と同じクラスに転校してきた言葉屋仲間の語くんとは、また同じクラスになった。

　そして、おそらくしぃちゃんがあえて名前を出さなかったと思われる、しぃちゃんのくされ縁幼なじみの須崎くんは、今年は別クラスのようだ。それがしぃちゃんにとって、よいことなのかどうか、詠子にはわからない。もしかしたらしぃちゃんも、それがわからなかったからこそ、名前を出せなかったのかもしれない。

しぃちゃんと詠子はそれぞれ、いま一度、クラス分けのプリントをながめて気持ちを落ちつけると、ふたりそろって顔をあげ、

「じゃ、行こっか、教室」

と、これから一年間お世話になる新しい教室、三年は組へと向かった。

その道中、詠子は一度だけ、制服のスカートのポケットに手を入れ、そこにいつもどおり、言珠が入っていることを確認した。

しかし、指先にその慣れた硬さを感じた瞬間、詠子の気持ちは陰る。

今年度は、今年度こそは、私はこれをつかうのだろうか。

頭によぎったそんな期待と不安が、詠子に、先日のおじさんとのとあるやりとりを思い出させて、詠子の胸の奥はよどんだ。そのやりとりとは、つい先日、四月に入ったばかりのころのもので、実はそれこそが、先ほど詠子がクラス替えの結果に集中できず、気がそぞろになっていた原因だった。

始業式のすがすがしさとは対極にある、先輩たちの卒業式という別れを体験したのはつい数週間前のこと。きらきらとした先輩たちの進路を目の当たりにして、自分の進路

について思い悩んでいた詠子は、一度はおじさんにはげまされ、あせらないと決めたものの、結局、始業式が近づくにつれて、自分がこの中学校の最高学年になるという事実を、重く感じはじめてしまっていた。そしてつい数日前、とうとうその重圧に耐えきれなくなった詠子は、おじさんとふたりきりの夕食の席で、ぽろりとおじさんに尋ねてしまったのだ。

「……ねえ、おじさん。おじさんは、言珠とか言箱って、つかったこと、ある？」

その日はふたりとも、それぞれ自分の頭の中と向き合ってばかりでぼうっとしており、詠子がそう切り出すまで、食卓の席は無言だった。詠子が切り出したその言葉も、おじさんに問いかけたていではあったものの、ただ自分の思考から取りこぼしてしまったものが、たまたま声になってしまったという程度のものだった。

しかし、そんな小さな気のゆるみが、大事故を引き起こしてしまうということは、決してめずらしいことではない。

この時の、詠子の言葉が、ちょうどそれだった。

そのことに、詠子は言ってすぐに気がついた。

詠子の問いかけに、五秒たっても十秒たっても応答しないおじさんに、詠子がはっと顔をあげた時には、詠子ももう、気がついていた。自分が、ずいぶんと無神経なことを尋ねてしまっていたことに、気がついていた。

言葉屋の商品は、気軽にはつかわないもの。

もしつかったことがあるとすれば、そこには深い理由があるはずで、それはこんな気軽な流れで、ふらりと触れられていいものであるはずがなかった。

しかし気がついた時にはもう、おじさんは苦笑の中からなんとか「苦」をとりのぞこうともがいている表情をしていて、しかし、結局はそれが、苦しみを深めて、瞳の奥に悲しみとしてたまっていた。

そんな悲しい視線を受けて、詠子はあせった。

「……ごめん！　ごめんなさい。あの、ちがうの。ちがくて……」

詠子はしどろもどろになりながら、必死に会話の出口を探す。

しかし、無意識のうちに自分でつくってしまった迷路は無意識だったゆえに複雑で、あせればあせるほど、思考は袋小路に行き当たる。そして、その行き止まりの壁に貼られた言葉は、常にまちがっていた。

「あの、もうすぐ始業式だなって思ったら、いろいろ緊張しちゃって。私、先輩たちが引退してから、部活、実は部長、でしょ。でも今までは結局、いつものメンバーだったからなんとかやってこられたけど、今、部員、私とばなちゃんと聡里ちゃんしかいないから、新入生の勧誘、がんばらなくちゃいけなくて、できるかなって不安で、そう考えると、やっぱりミャオ先輩はすごかったなって思って。おじさんはこの間、自分を誇りに思ってって言ってくれたけど、私、やっぱり私が不安で、だから自信を持てるなにかがほしいんだけど、私が持ってる、人とちがうことって、言葉屋の修行くらいで、でも、実は私、自分では言珠も言箱もつかったことないの。それで、それって、言葉屋としてどうなのかなって不安になっちゃって、つい、なんとなく、聞いちゃって、ごめん。ごめんなさい」

それは、ぱらぱらと、上ずった声だった。

詠子はその、自分の口から転がり落ちていく言葉たちが、傘の上をはずんで流れていく雨粒たちのように、おじさんには届いていないことを、ずっと感じていた。

わかっている。わかっている。わかっている。

自分の話をしたいがために、相手の繊細な問題を踏み台につかおうとしたことが、正しい会話のはじめ方ではなかったことくらい、わかっている。

まちがえた。まちがえた。まちがえた。

わかっている。わかっている。わかっている。

そのふたつの事実ばかりが、エラーコードのように詠子の頭の中につらなって、ほかの言葉同士のつながりを邪魔した。そして、そのコードに心をからめとられて、詠子はおじさんの目を、なかなか見ることができない。けれど、あまりにおじさんから返事がないので、詠子はとうとう顔をあげた。

そこでおじさんは、先ほどと変わらない、ぎこちない笑顔を浮かべていた。そしてその笑顔のままでおじさんは、詠子を見つめて、言った。

「大丈夫」

おじさんの笑顔が、深まった。

苦笑が、深まった。

「大丈夫だよ、詠子ちゃん。言葉屋の商品をつかわないでいられるって、すごく幸せなことだから。だから、大丈夫だよ」

その時、詠子の中にぞわりとわき上がった感情は、詠子にとって初めてのものだった。

その時、詠子は初めて、おじさんをとてもいじわるだと思った。

そして、そのおどろきに似た熱くねばついた感情が、詠子の中心からうずを巻いて上昇し、てっぺんに達しようとしたその時、詠子は生まれて初めて、乱暴に席を立った。

カシャン、と食器が硬い音を立てる。おじさんが、詠子の態度に、目をまるくしておどろいている。そのことがまた、詠子の中のうずを、加速させた。

おどろかないで。私だって、おどろいている。

そんな、自分でも理不尽だとすぐにわかるいら立ちにうずをかきまぜられ、詠子の頭の中はこれ以上ないほどにぐちゃぐちゃになる。

だから、詠子は顔をあげた時に笑った。

「ごめんね、おじさん。変なこと聞いて。あと、おなかいっぱいになっちゃった。あとで片づけるから、おいておいて」

そこまで一息で言い終えると、詠子はそのままおじさんに背を向けて、自室に向かう。

詠子ちゃん、と背中におじさんから声がかかったような気がしたけれど、ふりむかなかった。ただ、今の自分の笑顔がおじさんに、「ただの笑顔」と映ったか、「苦笑」と映ったのかが、ぼんやりと気になった。そしてその夜詠子は、その疑問の答えが後者であればいいと、心の奥の方でさけんでいる気持ちから目をそらし続けて、にぶい眠りについた。

そんなことがあってから数日の間、詠子とおじさんはあまり口をきいていない。

朝会えば「おはよう」。帰ってくれば、「ただいま」「おかえり」と互いに口にすることはあるけれど、目が合っても合っていないような、言葉を交わしてもすれちがっているような、そんなぎくしゃくとした空気が、ずっとずっと続いていた。

一度、おじさんが食卓にて、

「あの、詠子ちゃん。この間、ごめんね。詠子ちゃん悩んでたのに、ぼんやりしてて、ちゃんと話聞けなくて。あの時、急な仕事続きで寝不足で……」

と、謝ってきたことがあったけれど、詠子はその、まだ続きがありそうだったおじさんの言葉を、

「……ううん。私が、悪かったんだし」

という言葉で封じて、それ以上の会話に発展させなかった。

そんな詠子に、おじさんはしゅんと両眉の端をさげ、なにか言いたげに口をひらきかけたけれど、結局はそのあと、どちらも新しい会話をはじめられず、食卓は重い空気につつまれたまま片づけられた。つい最近まで、すなおに笑い合えていたことが、まるでうそのようだった。

そして、そんなことが続いたある日曜日のこと。詠子はおばあちゃんのお店で修行を終えると、まっすぐに家には帰らず、町の図書館に向かった。

今までは学校の図書室と、おじさんの部屋の本を交互に読み、たまに図書館におもむく、という生活をしていた詠子だったが、ここ最近は、おじさんの部屋に寄りつきにくくなり、図書館に行く日が増えた。

そういえば、学校の図書室に行く機会が増えたのも、そもそもはこの図書館がきっかけだった。去年の、中一から中二に変わる春休み、言葉屋で起こった「秘密あらし事件」を解決するために、詠子は、しぃちゃんや語くん、須崎くんや伊織くんとこの図書館に通い、図書館のおもしろさを知った。それまでの自分の読書が、おじさんのコピーになってしまっていたことに気がつき、おじさんの本棚以外の本棚を見る必要性に駆られて、図書館よりも近い学校の図書室を、週に一度は利用するようになったのだ。そして、そこで詠子は、一年後輩の聡里ちゃんに出会い、聡里ちゃんは詠子の読書友だちに、そして、部活の後輩にもなってくれた。

新しい場所に習慣をつくることは、新しい出会いにつながるのかもしれない。

と、そんなふうに思考を散乱させていたからだろうか。

その日、詠子がその図書館の入り口に立ち、ひらいた自動ドアの向こうに機械的に足を踏み入れた時、詠子は中から出てきた人影にすぐに気がつけず、その人と正面衝突しそうになってしまった。

「……あ！　ご、ごめんなさい」

すんでのところで体をのけぞらせ、体勢を立て直しながら、詠子は反射的に謝る。

しかし、相手の方はバランスをとりそこねてしまったのか、くずれるように尻もちをついた。

「ごめんなさい！　大丈夫ですか」

詠子はあわてて相手のそばにしゃがみこむ。

つん、と鼻をつく独特なにおいがして、詠子はすぐにはっとした。

だぼっとしたトレーナーとカーゴパンツ姿だったために、すぐにはわからなかったが、相手のその女の子の手首は、とても細い。体は全体的に小さく、毛先のそろっていない短い髪はどこかべたっとしていて、あちこちに向かって跳ねている。そして、肩からななめにかけた布かばんは大きく角ばってふくらんでいて、そこには、たくさんの本が入っているようだった。

いや、絶対に入っている、と、詠子は知っていた。

というのも詠子は、この女の子を、この図書館で何度か見かけたことがある。

というより、詠子が図書館に行くと、いつもいた。朝でも昼でも夕方でも、彼女はいつも、図書館の端の方の席にすわって本を読んでいた。おそらく詠子と同い年か年下だろうと思われるその子が、とても難しそうな分厚い本を机の上に山積みにして、熱心に読みふけっている姿はとても目を引き、詠子はなんとなく、図書館に来るたびに、彼女の存在を意識していたのだ。

と、しかし、今はそんなことに思いを馳せている場合ではない。今、詠子はこの子にぶつかりはしなかったはずだけれど、彼女はおそらくショルダーバッグの重みに引っぱられ、詠子のようにはバランスをとれずに尻もちをついてしまったにちがいない。そして、だぼだぼな服の上からでもわかるほど華奢な体つきの彼女であれば、今のちょっとした衝撃で、けがをしてしまっていてもおかしくなかった。

「大丈夫、ですか?」

顔をあげない少女に不安になって、詠子はそうくりかえす。それ以外の言葉が浮かばず、不安になった。

しかし幸い、少しして、少女は顔をあげてくれた。

そして、詠子をぼんやりとした瞳で見ると、やがてその瞳の焦点が合い、言った。

「……大丈夫です。すいません」

かすれた、とても小さな声だった。

とても大丈夫そうには聞こえなかったけれど、詠子が次の言葉をかける前に、少女はよろよろと立ち上がり、詠子も、ふらつく彼女にすぐに手をさしのべられる距離を保ちながら、そろりといっしょに立ち上がる。

そして、ふたりともが立ち上がり終わり、向かい合うと、詠子は改めて正式に謝罪した。

「ごめんなさい、私、ぼうっとしてて……。けが、ないですか？」

立ち上がってみると、少女は詠子よりも少し背が低く、小柄な詠子にとってそれは、そこそこめずらしいことだった。

ただ、そのあとの少女の反応は、それよりももっとめずらしかった。少女は、詠子の問いに答える前に、一瞬、詠子を上から下まで、すばやい視線で確認したのだ。それは、詠子がけがをしていないかどうか案じたというよりも、詠子を値踏みしたかのような、するどくとがった視線だった。

「あの……」

その視線にとまどった詠子に、少女はすぐにはっとしたように背筋をのばし、なにかをごまかすように首をふる。

「あ、すいません。大丈夫、大丈夫なんで。すいませんでした」

そう言うなり少女は、すぐに詠子のわきをぬけて出ていこうとする。

大丈夫とくりかえされた以上、詠子もそれ以上なにもできず、歩きはじめた彼女の姿にひとまずほっとして、図書館に入ろうとした。

ただその時、ふとうしろ髪を引かれたかのように、詠子が少女の方をふりかえったのは、少女の体が不自然に動いた気配を、第六感のようなもので感じ取ったからだったのかもしれない。

詠子がふりかえると、そこで少女はうずくまっていた。

「えっ」

そんな声とともに反射的に体が動き、詠子はなにも考えずに少女に駆けよる。

そして、再度少女のかたわらにしゃがみこみ、少女の顔をのぞきこんで出た言葉は、

やはり、

「大丈夫ですか」

だった。

その、先ほどとまったく同じ言葉の先で、少女はかぼそい声を出す。

「すいませ……。だいじょ、ぶ。だいじょうぶ、です」

しかし、そうくりかえした少女の顔色は、健康にはほど遠い色をしていて、さすがの詠子も、その言葉を信じることはできない。少女の視線をつかもうとしても、少女は先ほどから、少し先の地面を見つめるばかりで、その視線がなにもとらえられていないことは容易に想像できた。少女の視界はおそらく今、まっしろかまっくろか、はたまたうずを巻いているか、そのどれかだろう。

詠子は立ち上がる。

「……待っててください。今、人、呼んできます」

救急車を呼ぶべきかどうかの判断をしかね、しかしとにかく急がなければと、詠子はひと気のないあたりに早々に見切りをつけ、図書館に飛びこむ。そして、入り口のすぐ近くの総合カウンターにいた司書さんに、助けを求めた。

そこからは、早かった。

幸い、詠子たちの町のこの図書館はとても大きく、人も多いため、すぐに数人の大人が、詠子とともに少女のもとに駆けつけ、少女を図書館の奥の部屋のソファへと運んでくれた。

ただ、そこへ横たえられたころには、少女の視界と意識はだいぶ回復していて、少女は横たえられるなり、すぐに起き上がって、

「すいません。すいません、ほんと、ただの立ちくらみで……。もう大丈夫なんで。すいません、ほんと、すいません、すいません」

と、恐縮し通しとなっていた。

　確かにそう言う彼女の声調は、もうだいぶしっかりとしていて、しかし、すぐに立ち上がって出ていこうとしないあたり、まだ足はふらつきそうなのかもしれない。

　すると、そんな少女のすぐ前に立っていた年配の司書さんが、ほんの少し間をおいたあとに、少女の目線に合わせるようにすわりこむ。

「……こういうこと、よくあるの？」

　すると、少女はすぐに首をふった。

「や、ないです。初めてです。でも、ほんと、もう大丈夫です」

　強く首をふり、これ以上、なにか言えば、無理やりにでも部屋を飛び出していってしまいそうな少女に、司書さんは少しの間考えこむと、立ち上がりながら言った。

「……きっと、なにかあたたかいものを飲むと、いいと思うの。今、持ってくるわ。ね、

そちらのあなたもいっしょに、みんなで飲みましょう」

と、そこで、部屋のすみに立ったままでいた詠子に、急に司書さんの目が向いて、詠子はあわてて顔の前で手をふる。

「えっ、や、そんな、私は大丈夫……」

しかし、です、と言い切る前に、司書さんがにこりと笑う。

「飲んでいって。びっくりしたでしょうし、あなたまで倒れたらたいへん。立ちくらみって、誰にでも起こるのよ」

そして司書さんは、まわりのほかの司書さんには仕事にもどるように指示をしながら、一度、部屋を出ていってしまう。

詠子は別段、立ちくらみの予兆のようなものは感じておらず、そもそも立ちくらみを経験したこともなかったため、予兆がなんであるのかすら、わからなかった。

いや、一度あるといえばあった。

中学一年生の夏の終わり。お母さんの部屋で、あやまってお母さんの言箱を割ってしまった際、視界がぐるぐるとまわったかと思うと、詠子は失神した。しかし、あれは立ちくらみと呼ぶには、あまりに特殊な状況だった。

しかし、そこで、詠子ははっとする。

今まで、自分は言箱も言珠もつかったことがなく、これから言葉屋になっていくにあたって、自分がつかったことのない商品をお客様にすすめることに、不安を感じていた。しかし、思えばあの時、詠子は「言箱をつかっていた」のかもしれない。であれば、詠子はすでに言箱経験者だ。

しかし、詠子はすぐに頭の中で首をふり、肩を落とす。

ちがう。あれが、本当の経験でないことなど、わかっている。言珠も言箱も、苦しんで、悩んで、苦しみぬいて悩みぬいた先に、助けを求めるもので、その苦しみも悩みも経験せずに、ただ商品の「力」だけを体験してもそれは、誰かの心に寄りそえる経験にはなり得ない。

と、ひょんなことから、思考が飛んでしまっていた詠子は、そこでふと、視線を感じて我に返る。見れば、必然的に部屋に詠子とふたりきりとなっていた例の少女が、じっと詠子を見つめていた。

しかし、詠子がその視線に気づいたことに気がつくと、少女はすぐにうつむく。

そしてまた、とてもかぼそい、しかし、先ほどよりもどこかいじけたような声で、

「迷惑かけて、すいません……」

と、再度謝った。

詠子は首をふる。

「いえ、元はと言えば、私がぶつかっちゃったからで……。こちらこそ、ごめんなさい」

同い年か、年下かもしれない相手への言葉づかいに迷い、詠子はぎくしゃくと、同じく謝る。しかし、そんな詠子に少女の方は、うつむいたまま軽く頭をふると、ひざの上できゅっ、とこぶしをにぎり、それ以上はなにも話さなかった。

沈黙を見つめて、詠子は考える。

名前を聞いてみてもよいだろうか、年齢はどうだろう。学校は？

あまり聞きすぎるとあやしまれるだろうか。そもそもまだ本調子ではないであろうから、声をかけずにそっとしておいた方がいいのかもしれない。

司書さんのお手伝いに行った方がいいだろうか。でも、そうすると、この子をひとりにしてしまう。それは避けた方がよいような気がした。

と、いつものように詠子が選択肢製造機となって、自ら判断力を選択肢の海におぼれさせていると、そんな詠子の前で、少女がすっと席を立った。それで詠子が、

「え、あの……」

と、本日、何度目かの「大丈夫ですか」の声をかけそうになると、少女はちらりと詠子を見て、

「もう大丈夫になったんで、帰ります。司書さんに、お礼、言っておいてもらえますか」

と早口で言って、本当に部屋から出ていこうとする。

詠子はあわてた。あまりに唐突なことで、量産だけが取りえの詠子の選択肢製造機も、さすがに量産が間に合わず、詠子の判断力は、息がおぼつかないまま、手にふれた唯一の手札を、中身を見ずにそのまま決断とした。

「あの、私、古都村詠子です。森見第一中学三年生……で、タロット同好会の部長です」

部屋のドアの前に立ちはだかるようにして、そう堂々と自己紹介をしてみせた詠子に、当然のごとく少女はぽかんとして、ただ、「はあ」とうなずく。

そして、少し迷うような顔をしたあとに、結局は名乗ることなく、

「じゃあ、ほんとに、どうもありがとうございました」

と軽く頭をさげて、部屋を出ていこうとした。

しかし、ちょうど少女がドアをあけた、その時。

廊下の向こうから、司書さんがもどってきた。

「……あら、ありがとう。今、どうやってドアをあけようかと思ってたところだったのよ。さ、入って、入って」

マグカップを三つ、小袋に入ったちょっとしたお菓子を三つ、おぼんにのせてもどってきた司書さんは、そう言って笑って、その少しふくよかな体で、今まさに部屋から出ようとしていた少女を、部屋に押しもどす。

立ちくらみ未経験者の詠子ですら押し負けるにちがいないその強さに、立ちくらんだばかりの少女が勝てるはずは到底なく、結局、詠子とその少女は、司書さんとともにインスタントの野菜ポタージュと、バター香るマドレーヌを、ソファにすわっていっしょに食べた。

その間、少女と詠子は特になにも話さず、たわいもない話を続けていたのはもっぱら、「田中」という名札をつけたその司書さんだけで、白髪まじりの髪をひっつめ、めがねをかけている、一見、厳しそうに見える外見の田中さんはしかし、思ったよりも豪快に笑う、快活な人だった。

そして、おしゃべりが一方的だったゆえに、少女と詠子はすぐにすべてを食べ終わり、早く帰りたそうにもぞもぞとしていた少女を、田中さんは必要以上に拘束しようとはしな

かった。田中さんは、ふたりがポタージュとマドレーヌをすべて胃におさめたことを確認すると、

「じゃ、ふたりとも、気をつけて帰りなさいね」

と、まだ自分が食べ終わっていなかったにもかかわらず、あっさりとふたりを解放した。

田中さんにそう言われたとなれば、詠子ももちろん、自ら長居するわけにはいかない。

ありがとうございました、とシンプルなお礼を口にすると、立ち上がろうとする。

　しかし、続いて少女の方が、

「……カップ、洗います。どこですか、水場」

と、詠子のぶんのカップまで持っていこうとしたので、詠子は赤くなった。

「ご、ごめんなさい、私も洗います」

と、あわてて少女の手から自分のつかったカップを取りもどそうとする詠子を見て、田中さんはまた豪快に笑うと、自分のマドレーヌを二口で平らげ、マグカップをジョッキのようにかかげて、あっという間に中身をからにすると、そのまま立ち上がる。それから、

「じゃ、みんなで洗って、帰りましょうか」

と、詠子たちを快く給湯室へと案内してくれた。

そして、スタッフしか入ることができないこの貴重なバックヤードから、いつも詠子たちがつかっている図書館の一般エリアへもどってくると、田中さんは少しだけ声を落として、ふたりに目配せした。

「ふたりとも、今日のことはないしょにね。私が図書館の奥にお菓子をためこんでいることがみんなに知られると、やっかいなことになるから」

田中さんのその茶目っ気あふれる笑顔は、どこか詠子のおばあちゃんに似ていて、詠子は思わず、くすりと笑う。詠子はうなずき、改めて頭をさげると、別れのあいさつを告げ、一般エリアに帰ろうとした。

いや、帰ろうとしながら、また判断に迷った。

田中さんはともかく、少女ともここで別れていいのだろうか。結局、名前も聞けなかったけれど、向こうから名乗ってこない以上、尋ねない方がいいのだろう。また立ちくらみが起こらないよう、家まで送ると申し出ることもできたが、少女がそれを望まないであろうことは、詠子にもうわかってきていた。

おそらく最善は、このままなにごともなかったかのように、人ごみに消えていくこと。

詠子は、今度こそ自分のその決断に自信を持つと、しかし最後にちらりと一度だけ、うしろをふりかえった。

そこでは少女が、とても複雑な顔で、田中さんになにか耳打ちをしている。

なにを話しているのか。

それが気にならないといえばうそになったけれど、少女が詠子の視線に気がつく前にと、詠子は急いで視線を前にもどすと、少し早足になって、その場を去った。

「ああ、そりゃあきっと、真子さんだろうね。田中、真子さん」

次の日、夕食をおばあちゃんの家でとっていくことにした詠子は、その食卓にて、思わず前の日に起こった一連のできごとについて、おばあちゃんに報告した。田中さんにポタージュとマドレーヌをいただいてしまったけれど、改めてお礼に行った方がよいだろうか、という相談は最後にとってつけただけで、本当はただ、自分が遭遇した非日常について、誰かに話したくなってしまっただけだった。

そして、その中で田中さんについて話すと、さすがこの町で長く言葉にたずさわる仕事をしているということもあってか、おばあちゃんはすぐに田中さんについて思い当たったようで、詠子の知らなかった田中さんのフルネームを教えてくれる。

そしておばあちゃんは、にこにこと笑うと、

「うちの店にも、そう頻繁にじゃないけれど、何度か来てくれたことがあるよ。町内会の集まりでもよく動いてくださるパワフルな方でね、私が憧れる人のひとりさ」

と、うれしそうに何度もうなずいた。

詠子の印象では、田中さんはおばあちゃんよりも少なくとも十歳か十五歳、もしかすると二十歳以上、年下のように思えたが、おばあちゃんの尊敬に年齢があまり関係ないことを、詠子はよく知っている。

そして、それゆえに、

「しかし、さすが真子さんだね、とてもすてきな対応だ」

と、詠子の話にすっかり気持ちをあたためられているようすのおばあちゃんに、水を差すことができなくて、結局、

「真子さんには、あとで私からお礼を言っておくよ」

と話を締めたおばあちゃんに、詠子はそれ以上の話をすることができなくなってしまった。

しかし本当は、詠子にはおばあちゃんにもっと、話したいことがあった。

確かめたいことがあった。

あの立ちくらんでしまった少女が、どうしてあんなに気まずそうであったのか。

立ちくらみが初めてだとはとても思えない少女を、田中さんはどうして病院につれていかなかったのか。

どうして、詠子をあの場に残らせたのか。

少女は最後に、田中さんになにを耳打ちしていたのか。

そして今、おばあちゃんはなぜ「すてきな対応」と言ったのか。

それらの疑問の答えが、詠子の中には昨日からじわりじわりと浮かんでいたけれど、その正解を、自分が本当に確かめたいのかどうかわからなかった。確かめた先の責任を、自分が背負えるかどうかがわからなかった。その上、今、おばあちゃんに、「お礼は自分がしておくからいい」と言われたことにも、ちくりと胸が痛んだ。

どうすればいいかと相談したのは確かに詠子だったが、本当は自分でしたかった。

詠子は、そんなもやもやとした気持ちをかかえたまま、味のしなくなったごはんを急いで嚙んで、のみこんだ。

そして、次の日曜日。

図書館に向かった詠子のかばんは、いつもよりふくらんでいた。

そして、そのかばんと同じくらい、詠子の気持ちはわくわくとどきどきでいっぱいになっていて、詠子は無意識のうちに早足になった。

と、しかし、そのままのいきおいで図書館に入っていきそうになった詠子は、入り口の少し手前で、はっと足を止める。視線の先、図書館の入り口の横に、先日の少女の姿を見つけたのだ。それで詠子は、少しだけ迷ったのち、少女のもとへ向かう。

図書館には、建物に沿うようにちょっとした芝が敷かれていて、その小さな芝生エリアには、いくつかのベンチがすえられている。そのうちのひとつに、少女はひとり、横にたくさんの本を積んで、すわっていた。

初夏が見えてきたこの季節、通り沿いに植わった街路樹は、その葉を豊かに、さわやかにゆらし、喧騒と安穏をみごとに分けている。その下にならぶベンチは、その木漏れ日を受けて、まるでやわらかなスポットライトをあびているようだった。この、街のどこよりもぜいたくな場所の光を見ると、詠子の気持ちは、いつもぐっとわき立つ。それはもちろん、今日も例外ではなく、そんな詠子の浮き足立った気配を感じたのか、ベンチにすわっていた少女は、詠子が近づききる前に、ぱっと顔をあげた。

そして、詠子を見るなり、ああ、と少しげんなりとした顔をする。

そのようすに、詠子ははっとして足を止め、あせった。

しまった。なにをしているのだろう。

先週、自信を持った決断で、少女と田中さんのもとから静かに立ち去ったにもかかわらず、詠子は今、つい、少女に近づいてしまった。

とはいえ、今さら無言で立ち去るのも、選択肢としてあまり優れていない気がする。

すると、かたまってしまった詠子に、少女の方がベンチから立ち上がり、詠子に近づいてきて、頭をさげる。

「……この間は、ありがとうございました」

しっかりとした声色で、そのお辞儀のどこにも、危うさはなかった。

とても、きれいなお辞儀だった。

それで詠子は少しだけほっとして、少女に歩みよる。

しかし、そんな少女に、具合のようすを尋ねようか、改めて名前を尋ねてみようか、さんざん迷って、詠子は言葉に窮した。そして最終的に詠子は、ベンチに積まれていた本のタイトルに目をやる。

「……いえ。あの、いつも難しい本読んでて、かっこいいなと思ってたので、話すきっかけができて、うれしかった、です」

この言葉が正解かどうかわかりかねて、少し声の流れがぎこちなくなる。

そして言いながら、敬語をくずした方がよかったかもしれない、と後悔した。

今がチャンスだったかもしれない。今、くずしていたら、もう少し距離を縮められたかもしれない。

言い終わったあとに、そんな詠子の後悔がさらに深まったのは、少女が詠子の言葉に、少し意外そうに目を見ひらいたからだった。ずっと冷静で低かった少女の温度が少し上がったことが空気のゆれでわかった。

「や、まあ、別にこれくらい、ふつう、でしょ……」

そんなつれない言葉選びに反して、やわらかくなった声と目つきに、詠子はほっとする。

しかし、それがいけなかったのかもしれない。

詠子は、そのふたりの間にようやく生まれた小さな入り口に、これ幸いと飛びこもうとしてしまった。まだ体が全部入るような大きさではなかったというのに、そこに、体をねじこもうとしてしまった。

詠子はそこで、自分のかばんをあけると、そのふくらみから、小さなつつみをひとつ、取り出した。その透明なラッピング袋の口は、四つ葉のクローバーを模した針金でとめられており、中には、二種類のパウンドケーキが入っている。

「あの、これ、キャロットケーキとドライイチジクのケーキ、なんだけど、よかったら……。この間のお礼に田中さんに持ってきたんだけど、作りすぎちゃって、多めに持ってきてて……」

そう、詠子が言い終わる前に、せっかくひらきかけていた少女の扉が、ぱたん、としまってしまったことが、少女の瞳の明るさでわかった。

しかし、後悔してももう遅い。

詠子がさし出したそのつつみを、少女は数秒間無言で見つめたのち、言った。

「……詠子チャンさ、親の給料日って、知ってる？」

「え？」

「や、ごめん。なんでもない。ありがとね、おいしそう。やさしいね。でも、もう大丈夫だからね」

早口にそう言って、少女は笑顔で、詠子のさし出したつつみを受け取ってくれる。

少女は、笑顔だった。

ただ、その笑顔を種類分けすると、それはまちがいなく、「苦笑」だった。

どうして自分は、こう苦笑ばかりをつくり出してしまうのだろう。

そんな後悔が、からになった手のひらから、詠子の体をのぼってくる。

そして、立ちつくしてしまった詠子に少女は、もう一度軽く頭をさげると、

「今日会えて、お礼が言えて、よかったです。じゃあ、これで」

と、ベンチにもどってしまった。

少女が、詠子がさし出したつつみを、その後どうしたかはわからない。詠子はそれを見届ける勇気すら持てず、

「はい……」

と、かすれた声を出すと、逃げるように図書館に入った。

その後詠子は、田中さんに、少女にわたしたものと同じつつみをわたすことはなく、かばんをふくらませたまま、家に帰った。図書館を出る時も、少女は図書館の横のベンチにすわっていたけれど、今度こそなにも言わずに、詠子はその場を通りすぎた。

「なるほどね……」

詠子がことのあらましをおばあちゃんに話すことができたのは、それから数日が過ぎた日のことだった。おばあちゃんがそう言って渋い顔をすることはわかっていたため、本当は話したくなかった。ただ、ひとりでかかえこむこともできなくて、そして、もしおばあちゃんが、詠子がしたことを田中さんづてに聞いてしまったらと思うとこわくなって、結局、おばあちゃんにすべてを打ち明けた。

少女が田中さんに告げ口をするようなことはないだろうと思いつつも、あの時の詠子たちを誰かが見ていて、詠子がしてしまったことを、なにかのはずみに田中さんに話すようなことがあるかもしれない。それを思うと、いつ怒られるかとびくびくしながら過ごすより、自分から白状してしまいたかった。

いや、あわよくばおばあちゃんに、「それはしかたのないことだった、詠子は悪くない」となぐさめてもらいたかったのかもしれない。詠子はそんな自己中心的な自分の心の動きにうんざりとしながらも、おばあちゃんの家の食卓で縮こまった。

食後のお茶が入れられた湯のみはあたたかいはずなのに、両手でつつんでもその温度は、詠子の手のひらにいまいち伝わらない。

そんな詠子を見ておばあちゃんは、ひととおり考えをめぐらせたあとに、ゆっくりと口をひらいた。

「……その子が悲しかったのはきっと、その子が『交換』をしたかったからなのかもしれないね」

開口一番、詠子を直接責めることもなぐさめることもしなかったおばあちゃんに、詠子は少しほっとして、顔をあげる。

それから、背筋をのばした。

おばあちゃんが、しかることもなぐさめることもしないという判断をとったということは、詠子がおばあちゃんの話を聞いて、自分で自分にそれをしなければならないということ。それはある意味、ただしかられるよりも、ずっとしんどいことだった。

ひとりではかかえきれず、出口を求めても、おばあちゃんは出口の扉をひらいてはくれない。扉の場所を教えてもくれない。

鍵しか、くれない。

その鍵が、どの扉のものなのか、それは自分で探さなければならない。

「交換？」

詠子は、おばあちゃんの鍵言葉をそうくりかえして、扉を探しはじめた。

おばあちゃんは、うなずく。

「そう。いいかい、詠子。詠子は、チンパンジーではないね？」

扉を探しはじめていた詠子は、おばあちゃん特有のその唐突な謎かけのような問いに、さっそくつまずき、とまどいながら、うなずく。

「そう、チンパンジーも詠子も、賢くかわいらしい生物ではあるけれど、詠子はチンパンジーじゃない。人間だ。ただね、少し唐突な話になるけれど、人間とチンパンジーのDNAは、実は1パーセント程度しかちがわない、という説があるそうだよ。なら、その1パーセントにふくまれている可能性が高いものは、なんだろうね」

詠子はまた、扉を探しはじめる。おばあちゃんのくれる鍵のかたちをよく確かめて。

「……言葉」

詠子の答えに、おばあちゃんは小さくうなずく。

「そうだね。正確に言えば、チンパンジーにも言語と呼べるような、鳴き声によるコミュニケーション方法はあるけれど、その精度は今現在わかっているかぎり、人間のものとは大きく異なる。そしてだからこそ、チンパンジーには『交換』が難しいのだろうと、考えられているそうだよ」

交換。

先ほどからおばあちゃんが口にしているその鍵言葉のかたちが示すものをうまく想像できず、詠子は自分がもどかしくなる。おばあちゃんは、そんな詠子をおきざりにはしないスピードで、そのまま続けた。

「たとえば、自分のバナナをあげるから、あなたの持っているリンゴをください、という単純な交換も、チンパンジーには難しいらしい。自分がリンゴを手放したところで、相手が本当にバナナをくれるとはかぎらないからだろうね。ただ、交換ができないということの問題は別に、果物が一種類しか食べられなくなる、というところにあるわけじゃない。交換の概念がないと、生きものは高度な分業ができないんだ。バナナとリンゴの話と同じように、『あなたのぶんの収穫もやっておくので、かわりに私の家を直してください』というような仕事の交換もできなくなる。そして分業ができないと、それぞれがなにかひとつの仕事に集中することができなくなって、技術をみがくことが難しくなる。効率も悪いし、社会も大きくなっていかない。でもじゃあ、どうして人間のような言葉がないと、交

換ができないのか。それはきっと言葉が、重ねると信頼になるから、なんじゃないかね」

言葉、交換、信頼。

それらはどれも、答えへの鍵をかたちづくる凹凸のひとつであるようだった。

詠子は、そのひとつひとつをじっと見つめ、おばあちゃんはそんな詠子の気持ちをなごませるように、ふっ、と息をはいて笑う。

「なんて、これは言葉屋として、私が言葉をひいき目に見ているから願ってしまう、勝手な話だけどね、でも人間は言葉によって、過去の実績や、未来への展望というような、時空を超えた抽象的な話ができる。それによってもたらされる結果を予測することもできる。目の前にバナナとリンゴがなくても、まだ見ぬリンゴとバナナを想像することができて、それを約束によって、交換することができる。約束は、積み重ねるとルールとなり、ルールは、ふたりだけでなく、みんなで共有することができる。そのルールのもとで人は、たくさんの人同士でモノや知識を交換し、その積み重ねで爆発的な進化をくりかえしてきた。人間は言葉によって交換を発明して、その発明こそが、人間を人間にしたのかもしれない」

言葉、交換、信頼、約束、ルール。

おばあちゃんの鍵言葉は、聞けば聞くほどかたちが見えてくるぶん、そのかたちの複雑さも明らかになって、逆に扉を探すことが難しくなっていく。それで詠子は、鍵の中心を見失わないよう、耳の中の目を見ひらいた。

そしておばあちゃんは、そんな詠子の思考の体力の流れを見まちがえないようにしているかのように、詠子から目をはなすことなく、続けた。

「そしてね、詠子。その交換が進化をしていくと、なにになると思う？」

答えを見つけられず、くちびるを噛んだ詠子を、おばあちゃんは無理に追いこみはしなかった。おばあちゃんはうなずいて、そのまま答えを口にする。

「お金になるんだ」

言葉、交換、信頼、約束、ルール、お金？

詠子は、眉をひそめる。

おばあちゃんは続けた。

「お金は、便利だ。お金の概念は、これまで言葉や実績を積み重ねることでしか示せなかった信頼を、小さなコインや軽い紙幣というかたちにつくり変えた。これによって人間は、何度も言葉で約束を確認しなくても、初めて会った人とも、商品や労働という価値をすぐに交換できるようになって、人間の経済活動のスピードは画期的に上がった。お金は、人間が発明した交換という概念の最終進化形であり、象徴と言えるものなのかもしれない。……ただ」

おばあちゃんは、そこで力強く、声をおく。

言葉、交換、信頼、約束、ルール、お金。

その次に来るものはなんだろう。次の凹凸は、鍵をどんなかたちに変えるのだろう。

詠子は鍵のかたちを見失わないことだけに集中して、おばあちゃんの言葉を待つ。

そして、次におばあちゃんが口にした言葉は、大きな、とても大きなくぼみであるように、詠子には、思えた。

「お金が人間社会にもたらしたものは、発展と利便性だけではなかった。お金、という腐らない財産は、社会に、人間に……格差、をもたらしたんだ」

格差。

その言葉を前にして詠子は、そのよく耳にしているはずの言葉の深さを、自分が思ったよりわかっていなかったことを知る。

「格差……」

と、詠子は思わず、声に出してその言葉の意味を吟味した。

おばあちゃんは、うなずく。

「そう。お金は、腐ることがないから、ためこむことができる。それは狩猟時代には考えられないことだった。マンモスの肉も、木の実も、とりすぎたところで長時間、ためこんでおくことはできない。干し肉にしてもいつかはダメになるわけで、それならばためこんでおくよりも、周囲に分けて、信頼に変えたほうがいい。自分が多く持っている時に人に分ければ、逆に自分が飢えている時に、誰かがその恩を返してくれる。お金という概念が登場する前までの人間社会では、ためることはむしろ恥とされがちだったそうだよ。持ちすぎている人がいない、足りなすぎる人がいない社会、つまり格差が小さい社会こそ、是とされていたんだ。でも、お金が出てきてから、人々の心は少しずつ変化しはじめた。お金によって自分の財産が腐らなくなると人は、必ずしも自分の財を、人と分かち合わなくてもよくなった。お金が登場する以前は恩として人にためていた信頼が、お金の登場によってすべてお金に集約されて、自分の中だけに、ためておくことができるようになったんだ。そしてお金は、あればあるほど生活をうるおす。お金の登場は、分かち合いの心を弱めただけでなく、人の欲望を強め、そして嫉妬を生んだ。持たない人は持つ人を妬み、持つ人は永遠に終わらない欲望にとらわれた」

おばあちゃんは、そこで一度お茶を口にふくむと、喉をうるおし、話を仕切りなおした。

「おそろしい話がある。アテナイ、という古代ギリシャの都市国家は、コインを国内外に広く流通させ、貨幣経済の基盤づくりに大きく貢献した国として有名だが、そうしてコインによって国が繁栄し、さらにたくさんのコインが求められるようになると、問題が起こった。というのも、そのコイン、アテナイの銀貨をつくるためには大量の燃料が必要で、当時の燃料といえば木炭。アテナイでは当時、銀の精錬のために大量の木が伐採され、それによって、それまでその木々の根が支えていた土は、土砂として海の方へ流れてしまった。その土砂は、海辺にたまってよどみをつくり、そのよどみからは、マラリアというおそろしい病気を人から人へうつす、大量の蚊が生まれた。その結果、そのマラリアによって、アテナイの人口は激減してしまったそうだよ。そしてその、今から二千年以上前……正確には二四〇〇年前ごろの環境破壊の爪痕は、今なお残っていて、当時アテナイがあった場所は、今でも土がほとんどない、岩だらけの状態だそうだ。二千年以上前に海辺に流れてしまった土は今ももどらず、土がないために今も、そこには木を植えられない。二千年以上前にアテナイにはびこった人間の強欲は、二千年後のその地を、今なお蝕ん

でいるんだ。そして、そんなアテナイの過ちは今、さまざまなかたちで再び世界各地に生じている。人間の経済活動がもたらした環境破壊は、異常気象、食糧難、新種の病などにかたちを変えはじめているし、お金から生まれた格差は日に日に広がり、そこに限界が生じるたびに人々は、戦争や暴動、ありとあらゆる手段で互いを傷つけてきた。このままでは人間は、二千年後どころか、そう遠くない未来に地球をつかいきり、互いを傷つけ合いながら滅びてしまうだろう」

滅びる、という言葉に反応して、詠子の頭の中におじさんの顔が浮かんだ。

詠子ちゃんには、滅びないでいてほしい。

おじさんにそう言われたのは、つい最近のこと。おばあちゃんの話から、自然とおじさんの言葉を思い出してしまった自分の思考の流れに、詠子はもやもやとした不満をいだいた。ひとりになりたい時に、ひとりになれない。そんな感覚に似たわずらわしさにいらついてしまう。

と、そんな詠子の不穏な表情をどうとったのか、おばあちゃんが、ふっ、と力をぬくように息をはいて笑う。

「と、次々におっかない話を続けてしまったけどね、詠子。そんな我々の、アテナイの過ちの再来という危機を、今、救おうとしているものがある。……なんだと思う？」

力なく首をふる詠子に、おばあちゃんは、にやりとする。

「言葉、さ」

おばあちゃんの言葉に、詠子は目を見ひらいた。

言葉、交換、信頼、約束、ルール、お金、格差、言葉？

おばあちゃんの今までの話が、最終的に言葉でサンドされて、詠子は鍵のかたちを見失う。動揺した詠子に、おばあちゃんは再び続けた。

「なんて、かっこうつけたけれど、正確に言うと、言葉によって定められた、『目標』だ。その名は、ＳＤＧｓ。日本語では『持続可能な開発目標』という、二〇一五年に国連本部にて採択された、世界共通の目標だよ。このままでは世界が滅びると危惧した人々が、政府、企業、研究者、市民、さまざまな立場の人々の意見を聞きながら、これから私たちが世界を滅ぼさないためにはなにをするべきなのか、その指針を、十七の目標にまとめたんだ。この目標には、貧困問題や環境問題ももちろん盛りこまれていて、それぞれが、ただの理想論や一部の人たちだけが利益を受けるものにならないよう、『持続可能』かつ『誰も取り残さない』ということをキーワードにしている。気候変動がすさまじいいきおいで深刻化し、格差が世界規模でおそろしく広がっている今、世界では紛争の数も増え、難民の数も、第二次世界大戦以降で最高の水準になってしまっていてね、今現在、私たちには感じられていなくても、滅亡は、もうすぐそこまで来ているんだ。格差の問題だって、人ごとじゃない。貧困の問題は、遠い国のものだと思われがちだけどね、今、日本の子ども七人に一人が、貧困の状態にあるといわれているんだよ」

おばあちゃんの言葉が、詠子の中にまた、おじさんの影を落とす。

前に、おじさんから聞いたことがあった。

貧困、と一口に言っても、世の中には二種類の貧困があり、それは絶対的貧困と、相対的貧困に分けられる。生きていくのに必要な最低限の衣食住を得るお金もなく、今にも死が目前に迫っているような状態を絶対的貧困、その国の平均水準よりもずっと低い収入で生活をせざるをえない状態を相対的貧困と呼ぶそうで、相対的貧困は、外からは見えにくいぶん、支援の手が届きにくいことが、今、問題となっている。

と、おじさんは数か月前に、詠子とふたり、食卓で見ていたテレビのニュースを受けて、詠子にそう話してくれた。

詠子は、自分の中に再び生じたおじさんのシルエットの輪郭を、なるべく見ないようにしながら情報だけひろうと、また目の前のおばあちゃんを見つめる。

おばあちゃんは、先ほどから黙りっぱなしの詠子のようすをうかがうようにしながらも、最後まで話しきる選択をしたようで、再び口をひらいた。

「世界中のさまざまな人の意見からつくられたＳＤＧｓは今、世界の『共通言語』として注目されている。もちろん、それぞれの国の言葉に訳されたその中身が、という意味でね。何事も、ただやみくもにそれぞれでがんばるよりも、きちんと指針を理解して、みんなで同じ目標に向かって行動をした方が成果が出やすい。言葉を持っている人間は分業ができて、それぞれ得意なことを生かしながら、目標達成に近づいていけるはずだからね。ＳＤＧｓが達成されれば、地球の、そして人類の寿命はもっと長くなる。ただＳＤＧｓは、あくまで目標であって、絶対に守らなければならない法律じゃあない。その必要性と危機感は、自分で考えて自分で手にしていくしかない状態だ。ＳＤＧｓという、言葉によってまとめられた不滅への手がかりが、今後、どれだけの人の心に染みわたるのか。人は、言葉は、今、その真価を試されているのかもしれないね」

おばあちゃんはそこで、ふーっと長い息をついて、冷めはじめてしまったお茶をゆっくりと飲む。

それを、おばあちゃんの話の終わりの合図だと感じた詠子は、いまだ答えの扉を見つけられていない自分の思考にあせりながら、せめて今のおばあちゃんの話の中に散りばめられていたキーワードだけは忘れないようにと、ひとつひとつの言葉を、大切に自分の心にぬいとめた。

言葉、交換、信頼、約束、ルール、お金、格差、言葉。

それらの言葉を結べばいいのか、積めばいいのか、組み合わせればいいのか。

詠子には、まだわからなかった。

と、その時だった。

「……それとね、詠子」

と、思いがけず、おばあちゃんが口をひらいた。

てっきりゴールテープを切ったものだと思っていたおばあちゃんの話が、再びスタートラインに立ったので、詠子は思わず、びくりとしておばあちゃんを見つめてしまう。

するとそこに、今にも苦笑になろうとしているおばあちゃんのめずらしい表情を見つけて、詠子は身がまえた。最近の出来事を受けて、すっかり苦笑恐怖症になっていた詠子の瞳に、おばあちゃんのその苦笑の予兆はひどくおそろしいものに映る。

そんな詠子の思いを知ってか知らずか、おばあちゃんは一瞬の迷いのあとに、そのまま話し出した。

「本当は、詠子にはまだ少し早いかもしれない話ではあるけれど、お金の話が出たついでにさせてほしい。言葉屋とお金の話、をね」

思ってもみなかった方向に話が飛んで、詠子は思わず、おばあちゃんの笑顔の種類を見失う。

「言葉屋と？」

久しぶりに出た声は、詠子の口の中で妙なリズムで跳ねた。

おばあちゃんは、冷静にうなずく。

「そう。実は少し前から、全国言葉屋連合でも出ていた話なんだけどね、言葉屋の店のあり方も、今、変わっていかなければならない時期に来ているんだ」

おばあちゃんの、ついでというにはあまりに深刻なようすに、詠子は、先ほどのおばあちゃんの話から飛び出たキーワードたちを一度、頭のすみに仮置きして、あわてておばあちゃんの言葉に集中する。

おばあちゃんも、詠子の集中力の種類が切り替わったことを感じたのか、改めて背筋をのばした。

「前に、話したことがあったね。その昔、日本がまだ藩に分かれていたころ、言葉屋は、城のおかかえとして、基本、それぞれの藩主のもとで限られた仕事をしていた。それゆえに、言葉屋たちの収入源は藩主にあり、特別に仕事がない時でも当時の言葉屋たちは、藩主たちから安定した収入を得られていたと聞く。ただ、時代が進み、その一国一言葉屋制度が崩壊してからは、もちろん、そうはいかなくなった。国から解き放たれた言葉屋たちは、それぞれが一ビジネスマンとなり、店を切り盛りしていくことになったんだ。そのこと自体はむしろ健全で、当然のことだった。ただ言葉屋という店の性質上、大々的に宣伝をして商売をするわけにはいかない。『ことむら』のように城のおかかえの出だった言葉屋は、一国一言葉屋制度崩壊後も、政府や自治体とつながって、しばらくは助成を得ていたと聞くけれど、今はもちろんそうじゃない。以前は悪徳な言葉屋が、秘密裏にあくどい商売をして、一部の人間から多額の報酬を得ていたという話もよく聞いたけれど、我々全国言葉屋連合が、そのやり方に異議を唱え、そのような店は取り締まった」

おばあちゃんの言葉に、詠子は思わず、うなずいてしまう。

一部のお金持ちの人だけが、言葉屋を利用することができるなんてことは、言葉屋の使命に反する。それは、まちがいのないことだった。

しかし、そのゆるぎないと思われた答えのあとに、おばあちゃんは意外にも両眉の端を力なく下げてしまう。

「そのこと自体は、私も後悔していないし、今も正しいと思っている。ただ難しいことに、とても難しいことにね、詠子。その正しいことのあとに続いているはずの今が、なかなかうまくいっていない」

おばあちゃんのその言葉を受けて、鏡のように、詠子も情けない顔になった。

「うちもそうだけれど、言葉屋としての誇りや使命感を大切にしている店ほど、言珠や言箱という商品の対価に、金品を受け取っていない。基本、言珠はある種無償で提供していて、言箱はいずれ返してもらうことを条件にわたしている。もちろん無償、といっても、お客さまに言珠や言箱をつかっていただくことで、言葉の力が世界に循環し、それによって我々は新しい言珠や言箱をつくることができているわけではあるけれど、ただそれは言葉屋の使命をまっとうするためであって、我々の生活自体を支える、日々の食事の材料になるものじゃない。だから今、現存している言葉屋たちはみな、副業を持っていて、私のように雑貨屋をしているものもいれば、喜多方屋のようにガラスペンの職人をしているものもいる。みな、生活を支える収入源をほかに持った上で、言葉屋をある種、ボランティアで続けているものばかりだ。さらに言えば、うちのような城のおかかえだった言葉屋は、一国一言葉屋制度が崩壊した際、国からそれなりの土地を得ていて、それをおじいちゃんのように、マンション経営に活かして収入を得、それでなんとか採算がとれているという状態だ」

急に、これまで見ないでいた、自分の生活の裏側を示されて、詠子は動揺する。

『詠子チャンさ、親の給料日って、知ってる？』

おばあちゃんの話を聞いているはずがなぜか、あの時の少女の言葉が、急に大きく、詠子の耳の奥で響いた。

あの時はあいまいになった、その少女からの質問の答え。

詠子は、それを、知らなかった。

お母さんやおじさんやおじいちゃんが、いつどれくらいのお金を、誰からどうもらっているのか。詠子は、それを知らない。おばあちゃんがお店でお客さんからお金を受け取っているところはもちろん見たことがあるし、店番で詠子自身がそれを体験したこともあるけれど、そもそもその商品がどこからいくらでやってきたのか、それは知らなかった。

これまで言葉屋の修行をしていく中で、詠子のまわりの人々に言珠や言箱を届けたこともあったけれど、おばあちゃんの言うとおり、お金を受け取ったことはない。ただ、感謝の気持ちや、やりがいがうれしかった。

しかし、それはすべて、詠子がこれまで飢えを知らず、それをする時間に恵まれていたからなのかもしれない。そして詠子はその「恵まれた環境」というものに、今まで気づきもしていなかった。そういう意味では、詠子はこれまで店番の際や言葉屋として動いている時とて、一度も交換をしていなかったのかもしれない。

ただ、自分の気持ちを、ひとりでまわしていただけ？

詠子は、自分が信じていたものが、足もとからくずれていくような感覚をおぼえて、くらくらした。

そんな詠子に、おばあちゃんはすまなそうに続ける。

「もちろん、今すぐうちがつぶれるということはない。ただ、存続が難しくなっている言葉屋は今、世界中で急増していて、うちにとってもそれは人ごとじゃない。詠子が今、言葉屋の修行をつんでくれていることはとてもうれしいけれど、私も今、今後、この店をどう続けていくべきか、考えあぐねているところで、十年後、二十年後、詠子にこの店をどう残せるか、正直、まだなにも約束はできないんだ」

おばあちゃんがそう言って話を終えた時、詠子はとても寂しかった。

とても、とても寂しかった。

ただ、それをただ口に出せるほど、詠子はもう無知ではなかった。

だから、詠子は顔をあげた。

そして、気まずそうにうつむいているおばあちゃんに向かって、笑顔を向けた。

「うん、大丈夫。わかってる。話してくれて、ありがとう」

思ったよりも大きな声を出した詠子を、おどろいたように見やったおばあちゃんの瞳は少し遠くて、詠子はおばあちゃんの瞳の中の自分が、どんな笑顔を浮かべているのかわからなかった。

ただそのあとおばあちゃんは、

「……ありがとう、詠子。ありがとう、ありがとう」

と、二回、ありがとうを、くりかえした。

次の、日曜日。

あろうことか詠子は、また図書館に向かっていた。

今日のかばんは、先週のようにはふくらんでいない。

同様に、詠子の気持ちもふくらんではおらず、だからこそ、今日の詠子の足どりは、きちんと地についていた。

あの子は、今日もいるだろうか。図書館の中に、いるだろうか。

それとも、今日もまた外に？

詠子はそんな疑問を緊張の中にかかえて、道を急ぐ。

と、ちょうど図書館の入り口が見えた、その時だった。

詠子は、詠子とは反対方向からやってきた少女に、ちょうど行き合った。

図書館の、入り口の前の広場の花壇には、大きな桜の木が植わっており、葉桜の季節を終えた今、枝では、青々とした大きな葉っぱたちが夏を目指し、それぞれその身を、翼のように広げている。

詠子と少女は、ほぼ同時にお互いの姿に気がつくと、その桜の木の下で、ともに足を止めた。

「おはよう」

詠子の声は、少し前のめりになりながら、少女の瞳をつかまえる。すると、詠子を見るなり泳いでいた少女のその瞳は、あきらめたようにため息をついて、詠子を見た。

「……おはよう」

それから詠子は、静かに多めに息をすうと、軽く頭をさげて、

「じゃあ、また……」

と、少女の横を通りすぎようとする。

すると、え、と、少女から、とまどいにあふれた声がもれた。

詠子はびくりとして、ふりかえる。

ふりかえって、しまった。

少女と再び目が合って、今度は詠子の目が若干、泳いでしまう。

そんな詠子の表情を見て、少女は少し後悔したように顔を引きつらせ、それから苦笑いを浮かべた。

「あ、や、なんか言われるのかなと思ったから、拍子ぬけして……」

それで詠子は、ゆっくりと首をふる。

「……ううん、ただ、あいさつ、しただけ」

「なんだ。あたしのこと、待ってたのかと思った」

「ううん、たまたまで……」

と言いながら、詠子は桜の木をちらりと見やる。

するとその視線の動きを詠子の気まずさの表れととったのか、少女は少し乱暴に息をつくと、首のうしろに手をやり、そして、言った。

「あの、さ、詠子チャン」

名前を呼ばれ、詠子はびくりと背筋をのばし、少女に向きなおる。そんな詠子に、少女は少しだけ悲しそうに瞳の奥をゆらしたあと、吹っ切れたように続けた。

「この間のことがあって、あたし、詠子チャンに会うの、むっちゃ気まずい。でも、あたしは、これからもずっと、ここに通い続ける。ここは、あたしの大事な学校だから。だから、詠子チャン。あたしにかまわなくていい、無視していいから、あたしからここを奪わないで。司書の人とかに、あの子、汚いから、くさいからどうにかできませんか、とか言わないでほしい」

詠子は、目を見ひらく。

「えっ」

するとその詠子の反応に少女はまた目を泳がせて、張っていた声の調子を少し落とす。

「あ、や、ごめん、詠子チャンはそういうの言わなそうだよね。あーっと、でも、それと同じくらい、あの子、かわいそうな子だから、やさしくしてあげて、とかも誰かに言わないでほしい。確かにうちは貧乏だけど、あたしがほしいのは同情じゃない。あたしが今ほしいのは、場所。がんばれる、場所」

少女の声の中の強い言葉に、詠子は一瞬、動揺する。

しかし、すぐに心を立てなおすと、詠子はゆっくりとうなずいた。

「うん、わかった。どっちも言わない。約束する」

そして、詠子はそのまま、背筋をしゃんとのばしたままで続けた。

「ただ、私もここに通い続けるし、無視は、したくない。目が合ったらあいさつしたいし、もし、おもしろそうな本を読んでたら、できれば話しかけたい」

詠子は口の中がかわいていくのを感じながら、希望をひとつひとつ刻むように、心して言葉を口にした。

すると少女は、さっと頬を紅潮させて、その頬を腕で隠すようにしながら、ぼそりと言った。

「邪魔、しないなら……」

詠子は慎重に、今度こそ慎重に、今、少女が開けてくれた扉に手をのばす。

「なんの、邪魔？」

詠子のその問いに、少女はうつむきながら、答えた。

「鎖からの、解放……」

それから、詠子と少女は、桜の木が植わっている花壇の石の部分に腰をおろして、少し話をすることにした。腰をおろしてからの少女の声は、ずっと身にまとっていた鎧をぬいだかのようなすがすがしさに、あふれている。

「あの日さ、司書の田中さんと別れた時、詠子ちゃん、あたしが田中さんに耳打ちしてたの、見てたでしょ」

「うん。気づいてた？」

「うん。だって、あたし、むっちゃ詠子ちゃんの方、気にしてたもん。あのね、あの時、あたし田中さんに、『あたしのこれは、虐待とかじゃなくて、ただうちが貧乏なだけなので気にしないでください』って言ってたの。通報とかされたらやだったから」

「そう、だったんだ」

「難しいよね、子どもがそう言っても実は虐待があることとかあるし、子どもにそう言わせる親とかもいるだろうし。でもうちは、お母さんがあのあと、仕事の昼休み中に田中さんにあいさつに行ってくれて、ひとまず事なきを得たかなって感じ」

「そっか。うちも、おばあちゃんがお礼を言ってくれた」

「え？　先週、自分であのケーキ、わたしたんじゃないの？」

「あ……。や、ううん、結局、わたせなかったんだ。田中さん、見つけられなくて」

「……ごめん、あたしのせいだね。あたしが、あの時、やな態度とったから……。あのケーキ、むっちゃおいしかったよ、ありがと」

「……ありがとう」

そこで少女は、ふはっと息をはいて笑うと、空に向かって大きく腕をのばした。

「さっきのね、鎖っていうのは、貧乏の鎖。うちは昔から、ずーっとお金ないんだ。早くに死んじゃったおじいちゃんとおばあちゃんも、それから、働きすぎて体こわして、最近やっとちょっとパートに復帰できたお母さんも、みーんな朝から晩までまじめに働いてたのに、おかしな話ですよ。お金がないといっぱい働かなきゃで、働いてると資格の勉強とかしてる時間がなくて、できることも限られちゃうからずっと安いお給料のまま。そもそもおなかすいてるとやる気も元気も出ないし、さらに気持ちが萎えるような嫌がらせされたり、信用してもらえなかったりで、もー、嫌なことばっか。嫌なことコンボ。嫌なこと連鎖。でも、むーっちゃラッキーなことに、あたしには、なぜだか負けん気がある。この嫌なことの連鎖の鎖を、あたしが断ち切ってやるって思える気持ちが、ある。お母さんが住民票ちゃんと登録してくれてるから、図書館で本も借りれる。だから、今のうちにここで、いっぱい知識をためておくんだ。来年にはもう昼は働いて、夜高校行こうと思ってるから、今のうちに、ね。お金のかかる英才教育とかなくても、鎖から自分も家族も解放できるような力を得るための知識を、あたしは自分で手に入れる」

　そこまで言うと、少女はふっと力がぬけたように、空にのばしていた腕をぱたんと下ろす。そして、気まずそうに声のトーンを落とした。

「なんて、キレイな感じのこと言ってるけど、やっぱりさ、卑屈な気持ちになることの方が多いよ。心なんて、もう何回も折れた。詠子ちゃんみたいな裕福そうな子見ると、これまでの人生で、性格がひんまがるような経験、なかったんだろうなーって、詠子ちゃんのこと、なんも知らないのに、やっぱ思っちゃう。だから、いつもかっこつけて、難しい本読んで、あんたたちより、あたしは賢くて努力家なんだって見せつけてないと、しんどくなる。本当は、内容なんてほとんどわかってないんだけどね。読もうとしても、しょっちゅうぼうっとしちゃってどこ読んでるかわかんなくなるし。そんなことばっかやってると、毎日あたし、なにやってんだろって思う時もあるけど、でも、この見栄を張り通さないと、自分が一気にくずれて、こんがらがりまくった鎖から、もう一生出られなくなる気がするんだ」

詠子の眉の両端が落ちたのを見て、少女は笑う。

「でも、ちょっとはほんとに読んでるんだよ。子どものころ貧乏だったけど、成功した人の話とか、好き。元気出る。でもさ、ちょっとプレッシャーもあるんだよね。あたし、ここまでがんばれるかなっていう。ちょっと前にさ、お母さん、あんなに毎日がんばってたのに、今もがんばってるのに、お金なくて苦しいとかおかしくないかと思って、法律の本とか社会の仕組み？の本とか読んでみたんだけどさ、そん中に、貧乏なうちの子が貧乏のままであることを、努力が足りないからだとか責めないでほしいっていうくだりがあって。ああ、そうだよなって思った。だって、おなかすいてたら勉強も運動もできないし、努力の入り口にも立ててない。習い事とか塾とか行けないと、行ってる子にくらべたら、成功体験が少なくなるし、親が朝から晩まで働いてて会話する時間がないと、なにかがんばったって、なかなかほめてもらえない。せめて清潔にする努力したら友だちだってできるんじゃないって言われるけど、それは水道代気にしないでいられる人の言い分だよね。あたしだって、毎日お風呂ためて、洗濯機まわしてみたいっての」

そこで少女は、また、はっ、と息を強くはくようにして笑い、しかし同時に、着ているトレーナーの袖口の染みを隠すように、袖口をこぶしでにぎりこんだ。そして、そのトレーナーの中を見るように視線を落として、続ける。

「あたしはさ、体質もあってこういうガリガリ体形だけど、貧乏だからってみんなガリガリなわけじゃなくて、貧乏な人の方が肥満になりやすくなってるって、今、世界中で問題になってるらしいよ。でも、あたしはそれ、なんでかわかる。だって、野菜高いもん。魚、高いもん。果物なんて、論外。大量の米か、安売りのパンか、ジャンクフードか。そういうのでおなかふくらませるしかなくて、そしたらそりゃ、健康な体にはなれないよ。でもそういう子が、『そんだけ太ってるなら、貧乏なはずないだろ』とか言われんだよね。あたしはまだ、外見でわかってもらえるぶん、ラッキーなのかも。……でも、それでたまに同情されてモノとか恵まれたりすると、それはそれで、なんか下に見られてる気がしてムカついちゃう。けど、ムカつくんだけど、でもどっかで、なんかもうがんばんなくてもいいか、こうやってかわいそうかわいそうって、誰かが助けてくれて、とりあえず生きていられるなら、このまま適当に生きるのでもいっか、って気持ちになる時もある。そこにもし、虐待とかいじめとかが加わったらさ、もうがんばる気なんて、ゼロになったっておかしくないよ。鎖にはさ、いろんな種類と事情があって、こんがらがり方はみんなちがう。ただの鎖だって、しばられてる側は解くのが難しいのに、こんがらがってたら、もっと解けない。ぬけ出せない。そのうち、ぬけ出す気もなくなる。けどあたしは、あたしとお母さんの鎖を、いつか自分で解いてやるって、今は思えてる。ここで、いろんな本を読んでたら、あたしの鎖には、ちょっとだけゆるみがあるのかもしれないってわかって、だからあたしはまだ、絶望しないですんでる。それって、すごくラッキーだ」

詠子ではなく宙を見つめ、自分に言い聞かせるようにそう言い終えると、少女は、はっと顔をあげて首のうしろをかく。

「ごめん、なんか、むっちゃ語った。恥ずっ。ずっと人と話してないと、こういうわーっとしたテンションになるよね。……って、わかんないか」

そう言って、ははっとかわいた笑い声をあげた少女に、詠子はどの種類の笑顔も浮かべずに、ただまじめな顔で首をふる。それから、少し迷ったあとに、ポケットから、言珠をひとつ取り出して、少女に見せた。

「あのね、これ、私が大切にしてるお守り」

少女は、詠子の脈絡の見えない行動に虚をつかれたように目を点にする。

「うん。でね、今日は私、実はこれをここに植えたくて、ここに来たの」

「……へえ、キレーだね」

「……は？　ここって、ここ？」

「うん、この桜の木の下。この木なら大きいし、根と根の間のところとかなら、木を傷つけずに埋められると思って」

「あー……。そう、かもね。え、でも、なんで？　なんで埋めんの？」

「うん。すごく勝手な話なんだけど、この二週間、ずっといろいろもやもや悩んで、その結果、ここにお守りがほしくなったの。古今東西のたくさんの知識が宿ってる図書館の前の、大きな木の下の土の中に、ほしくなった」

「……その、心は？」

「うん。あのね、お金っていう概念が生まれてから、人の世界には格差が生まれて、今、それがどんどんふくらんで世界を滅ぼすほど大きな問題になってるって話を、つい最近、人から聞いて、私、すごく不安になったの。それから、すごく落ちこんだ。じゃあその格差をなくすために、自分になにができるんだろうって考えたら、足が、すくんだから。たとえばもし、『格差をなくすために、今のあなたの生活の中にあるあたりまえの便利さと楽しさとおいしいごはんを、明日からがまんしてください』って言われたら、私、気持ちよく笑顔ではいってうなずけないかもしれない。しかも、これまでちゃんと考えたことなかったんだけど、今は比較的裕福なのかもしれないうちも、もうすぐどうなるかわからないらしくて。そういう現実的な事実を知ったら、よけいに苦しくなった。今の自分の生活を失いたくない、失うくらいなら分け合えないかもしれないって、具体的にいろいろ想像すればするほど、自分が嫌な人間だってことに気がついて、落ちこんだ」

詠子の話に、今度は少女が、眉の端をさげる。

「それは、まあ……。しょうがないん、じゃん？　人間だし、誰だって、そうっしょ」

「うん……。でもだからね、逆に、その気持ちに自分を支えてもらおうって思ったの」

「ん？」

「人は貪欲で、わがままで、弱くて。だから、人のために、地球のためにっていうキレイゴトだけで格差を埋めようとするのは、難しいのかもしれないって思った。少なくとも、私には難しい。でも、どんな格差があっても、どんなちがいがあっても、誰にでも共通することが、今、地球上に住んでるってことで……。このまま環境破壊をしながら経済発展して、格差が広がって紛争が増えたら、地球はなくなって、自分がためこんだ財産も、ぜいたくをする場所も、全部なくなる。それは実はそんなに遠い未来のことじゃなくて、世界がなくなったら、自分がつらくなる。でも、分け合うことで、人を助けることで、なにかがまんすることで、自分が助かるなら？　そういう『自分のため』っていう目標なら、人は、私は、がんばれるかもしれない。明日から全部をがまんすることは無理でも、たとえば七日間のうち一日、控えることはできる」

詠子は、少女がきょとんとしていることを知りながらも、しかし、そのまま続ける。そのまま、わーっとしたテンションで、むっちゃ語ることを、続けた。

「実際にね、人間の脳には、そういう力があるんだって。とある実験で、人間の脳が格差にどう反応するかを見たら人の脳は、自分だけが食べものを手に入れた時より、みんなが食べものを手に入れて格差が小さくなった時の方が、大きなよろこびをおぼえたらしいの。それにはたぶん、罪悪感とか感情移入とか、そういうものが関係していて、人間にそういう感情がそなわっているのはきっと、自分の富だけによろこびをおぼえると、人間は滅びてしまうんだってことが、長い歴史の中で遺伝子に刻まれてきたからなのかもしれない。そう、研究者の人たちはその実験から考えたんだって。だから私たちの脳には、私には、分け合う力が、もともとそなわっている。そう思ったら、勇気が出た」

詠子は続ける。

「自分だけ逃げきったって、その先の道がくずれるだけだってわかったら、鎖にしばられている人のことをおいてけぼりにしないで、人の鎖もほどいて、いっしょに行こうって気になれるかもしれない。むしろ、鎖を解くことで自分で助かるって思ったら、みんなが寄ってたかって、鎖を解くかも。それだけたくさん人が集まったら、それぞれちがうこんがらがり方をしているたくさんの鎖も、なんとかタイムリミットまでに解けるかもしれない。キレイゴトはずっと続けるのが難しいかもしれないけど、自分が危険だと思ったら、私もふくめて動ける人は多い気がする。そもそも人間が狩りをして暮らしていた時代だって、人にマンモスのお肉を分け合えたのは、自分がこまった時に分けてもらえるようにっていう、ちょっと打算的な気持ちがあったからなんだから、なら、マンモスを地球に変えれば、現代人にだって、私にだって、同じことができるのかも。そう考えたら、気持ちが少しだけ楽になった。すぐに大きいことに挑戦することは難しくても、たとえばまず、SDGsのことを調べてみるとか、お金じゃなくても、自分にできる寄付とかリサイクルの方法を考えてみるとか、ものを買う時はなるべくSDGsに積極的に取り組んでいる会社のものを選ぶとか、あと……がんばろうとしている人を邪魔しない、とか、そういう一歩なら、私にもできるって、やっと、自分の中で道筋がついたの」

「えーっと？　マンモス？　地球？　なんかとにかくでっかい話だね」

「うん。地球は、マンモスとちがって、目に見えるようで見えないから、やっぱり難しいとは思うんだけど、でも、人間には言葉があるから、そういう目に見えないものを伝え合える力があるから、だからもしかしたら、大丈夫かもって思って……。でも、やっぱり不安もあったから、今日ここに、これを植えにきたの。これがここにあることを思い出すと、これから気持ちが弱くなった時も、なんとか気持ちを立てなおせそうな気がして」

　思いつめたような表情で話を続ける詠子に、少女は笑う。

「わっかんない。ぜっんぜん、意味わかんない。けど、なんか詠子ちゃんがいっぱい考えて、今、それ埋めないとやばそうってことはわかった。埋めよ、埋めよ、なんかわかんないけど、埋めよ」

それから少女は、詠子のやたらと真剣なようすがツボにはまったのか、笑い続けながら、詠子とともにあたりに落ちていた太めの枝で桜の木の下に穴をほり、そこに、詠子が持ってきていた、その深い青と緑が混じり合った、美しく輝く地球のような言珠を埋めた。

そして、土をかぶせ終わると、少女はまた笑う。

「っていうか、これは環境破壊じゃないわけ？　ガラスっしょ、それ？」

もっともな指摘に、詠子は情けない顔になる。

「うん……。ダメかな……」

「やー、いいんじゃん？　小さいし。ってか、あれだ。じゃあ、これ、タイムカプセルってことにしとけば？　あたしと、詠子ちゃんの。どうする？　待ち合わせ、いつにする？　なんつって」

笑いすぎて妙なテンションになっているらしい少女に、しかし、詠子は目を輝かせる。

「それ、いい！　待ち合わせ！　待ち合わせ、したい！」

「……ええ？　ほんとに？　え、どうすんの、いつ？　十年後？　二十年後？」

その言葉に、「待ち合わせ」という言葉の魅力だけに引っぱられていた詠子は、少しこまった顔をして、自信なげに口にする。

「……二千年後」

すると少女は、ぷはっと笑った。

「なんでやねん！」

それから、少女は笑ったままで詠子に向きなおる。

「じゃー、二千年後、お互いが化石になってもわかるように名乗っとかないとね。あたしは、松本輝良里。輝く良い里で、きらりね。化石になってもたぶん光ってると思うから、そっちから見つけて。よろしく」

そう言って輝良里ちゃんは、詠子にすっと手をさし出す。

詠子は、しばらくその手を見つめると、とても神妙な顔で、その手をとった。

「まかせて！」

詠子のその気合にあふれた返しに、すっかり笑い上戸になってしまっていた輝良里ちゃんは、また新たに笑い出して、そんな笑いっぱなしの輝良里ちゃんにつられて、詠子も笑った。ふたりの手の中にはもちろん、なにもなかったけれど、詠子はその手の中で、なにかを交換できた気がしていて、そしてその交換が、自分の中に新たな道を生んでくれたことに、詠子はその時、確かに気がついていた。

それからもふたりは、度々図書館で行き合い、目が合えばあいさつをし、ごくたまに互いが持っている本が気になると、少しだけ言葉をかわした。ただ、決まった曜日に会おうと決めることはなく、多く語り合うことも、ぴったりととなりにすわることもしなかった。ただ、お互いががんばっていることをお互いが知っていて、その事実がこの場所を、ふたりともががんばれる場所、にし続けてくれていた。

このかたちが、詠子と輝良里ちゃんにとって、正しい答えなのかどうかはわからない。

きっと、しばらくはわからない。

答えはきっと、二千年後。

願わくはあの待ち合わせの場所に、ずっと言珠が埋まっていますように。

埋まっていられるくらいの土が、ずっと、そこにありますように。

ずっとずっと、ありますように。

第二章　透明リボン

「詠子、ゴールデンウィーク、旅行行かね？」

「え？」

言葉屋仲間のクラスメイト、語くんがいつものように急に詠子のおばあちゃんのお店にやってきて、カウンター越しに詠子にそう声をかけたのは、あいかわらずとても唐突だった。

ぽかんとして、ただぼうぜんと語くんを見つめる詠子に、語くんはにやりと笑う。

「って、もちろん日帰りだけど。ついでに、詩歌つき」

語くんの六つ下の妹さんの名前が出てきて、ひとまず詠子はほっとする。

それでも語くんの、その乱暴な誘いに対する疑問はたくさんあったけれど、どれを口にしても、それを糸口に語くんに言いくるめられてしまいそうで、詠子はつい、警戒してしまった。警戒している自分の自意識過剰っぷりにへこみながらも、しかし、これまでの経験から、それはしかたのないことだと、自分を納得させる。

と、そんな詠子の思考などとっくにお見通しであるかのように、語くんは勝手に詠子の頭の中の質問に答え、説得をはじめていく。

「ってのもさ、『ことだまり』、詠子、まだ見たことないだろ？　見にいこうぜ。ほら、前にさ、『秘密あらし』の事件で俺がやらかした時、俺、全国の言葉屋に謝罪行脚したじゃん。その時に知り合った言葉屋のひとりが『ことだまり』の管理者で、副業で風鈴屋やってるんだけど、そこに詩歌と同い年の女の子がいてさ。前に会った時、いつか詩歌紹介するって言ったんだけど、なんだかんだでなかなか行けてなくて、で、今回、行こうかなと思ったんで、詠子もどうかと思って」

急に大量の情報がやってきて、詠子はくらくらする。

しかし、そんな語くんの作戦にはやられまいと思考をふんばらせると、詠子はひとつひとつの情報を見つめなおした。

「ことだまり」というのは、言葉屋用語で言箱の原料が採れる場所のこと。ガラス吹きの技術を応用してつくられている言箱の材料は主に、ガラスと同じ珪砂、ソーダ灰、石灰石の三つを基本としていて、珪砂は砂の中や珪石という石から、ソーダ灰は草木を燃やしてできた灰を加工することで、石灰石は特定の鉱石から、と、どれも基本的に身近なものから採ることができる。

草木に関しては、それぞれの言葉屋が自分たちの客層やお客さまの用途に合ったものを、時には山の奥深く、時には森林公園、時には街路樹から、少しずつ集めて材料とすることが多いけれど、珪石や石灰石については、少々具合が異なる。それぞれはるか昔から、言箱に適したものが採れると伝えられている場所があり、その「ことだまり」と呼ばれている場所については、詠子も以前、おばあちゃんから聞いたことがあった。誰かにつかわれた言珠の力が、人の中を通って風に吹かれ、たまったところであるために「ことだまり」と呼ばれているその地は、人が多く集まる場所から少し離れた、森の中にある場合が多いらしい。

ゆえに全国の言葉屋がそれぞれ自分の「ことだまり」を持つことは難しく、今では「ことだまり」の近くに住む言葉屋が、「ことだまり」の管理と材料の抽出を担当し、近くの言葉屋に送るということが、ならわしになっているとのことだった。

おばあちゃんのお店にも、それはもちろん送られてきていて、受け取るたびにおばあちゃんは、ていねいなお礼状を書いている。しかし、確かに詠子は語くんの言うとおり、まだその「ことだまり」に行ったことがなかった。

つまり、語くん情報第一検証の結果、語くんの提案は詠子にとって、とても魅力的だった。続いて、「秘密あらし」の事件。これは約一年前、詠子たちの中一の終わりの春休みに詠子たちが出くわした事件で、このあたりの言葉屋から言箱が盗み出されそうになったその事件の中で、語くんはとある勘違いをし、多くの言葉屋に謝罪をしなければならないこととなった。語くんの「全国に謝罪行脚した」という言いまわしは、さすがに大げさで、実際に語くんが語くんのお父さんの諭さんと謝りに行ったお店は、数店にすぎなかったはずだけれど、ということはつまり、語くんが今、行こうと誘ってくれているそのお店こそが、語くんが直接謝罪に訪れた、その数少ない店のひとつ。その店主は、手紙や電話での謝罪を許さず、直接会うことを希望するような人物、ということになる。

つまり、語くん情報第二検証の結果、もしかすると、この旅行の行き先には、礼儀や道理に厳しい人がいらっしゃるのかもしれず、その緊張につながる予想は、詠子の気持ちを少し、くもらせた。

しかし、続く、そのお店の副業が風鈴屋さんであり、そこに詩歌ちゃんと同い年の女の子がいるという情報は、詠子の心をすなおにくすぐった。風鈴屋、と聞くだけで、詠子の耳の奥にはそのさわやかな音の予兆が響き、六つ下とはいえ、同じ「言葉屋の子」に会えるということは、ただただ魅力的だった。

つまり、語くん情報第三検証の結果、詠子の中で最終結論は、ほぼ出かかっていた。

そこに、

「なんか、その風鈴屋さ、ゴールデンウィーク、結構混むらしくて、その子……来夢っていうんだけど、そいつをずっとひとりにしておくのも心配だからって、一日、いっしょにいてくれないかって頼まれたんだ。で、詩歌がいるとはいえ、男の俺ひとりが保護者になるより、詠子みたいな子がいてくれた方が向こうも安心だろうと思ったってわけ。だから、俺とその子を助けると思って、頼むよ」

と、語くんが大げさに手を合わせて詠子を拝んだため、詠子はあわててうなずいた。

「行く！　行くから、やめて。というか、むしろ、こちらがお願いします」

と、最終的には詠子が語くんに頭をさげる。

それで語くんは、合わせていた両手をぱっとはなし、片手で今度は小さく、

「うしっ、決まり！」

と、ガッツポーズを決めると、そのまま例のごとく、店内でずっと今のやりとりを聞いていた詠子のおばあちゃんをふりかえった。

「ってことだから、ばあちゃん。俺ら、五日に関さんとこ、行ってくる！」

その声に店内で商品の整理をしていたおばあちゃんは、おどろくことなく顔をあげると、うなずく。

「ああ、ぜひ行っておいで。私もしばらくあいさつに伺えていなくてね、詠子が行ってくれると助かるよ。ただ、それなりの長旅だからね、くれぐれも気をつけて。頼んだよ」

最後の言葉は、主に語くんに向けられていて、語くんはそれに「はい」と、ふざけ要素のない、きちんとした声で返事をする。

詠子はそんなふたりを見て、語くんが日に日に、おばあちゃんの信頼を、詠子よりも勝ち取っていっているように感じて、とても複雑な気持ちになった。しかしだからこそ、その気持ちを消すためにも、この旅を大事にしようと心に決める。

語くんとちがって、自分は言珠も言箱もつかったことがない。その、先日からずっと続いているあせりを、「ことだまり」という言葉屋の源泉のような場所をきちんと見ておくことで、落ちつけたい。

そんな気持ちが、最後の強力な後押しとなって、詠子の気持ちを、旅に向かってきちんとかためた。

「やー、よかった、詠子が来てくれて。俺、ここで久しぶりにあれ、やりたかったんだよ。言葉屋会議」

目的地へと向かう鈍行列車の中で、運よくボックス席をゲットすると語くんは、座席に落ちつくなり、さっそくそう切り出した。語くんのとなりでは詩歌ちゃんが、窓の外をじっと静かにながめている。まだ朝も早い時間で眠気が残っているのか、その目は少し、とろんとしていた。

そんな詩歌ちゃんを横目で気にしつつ、詠子は改めて語くんに意識をもどす。

「確かに、最近できてなかったね」

そう事実を口にしながらも、詠子はななめ下を見てしまう。

言葉屋会議とは、語くんと詠子という言葉屋の家の子であるふたりが、言葉屋の将来になにが必要なのか意見を交換する会議のことで、最近では、どちらかがなにかを思いついた時に、相手の感想を求めて相手を招集するスタイルになっていた。

ただ、「言葉屋の将来になにが必要か」というその大きなテーマへの答えが、そうぽんぽんと出ることはなく、確かに最近はご無沙汰になっている。詠子が今、その会議にあげられそうな議題といえば、先日、おばあちゃんから打ち明けられた、言葉屋のお金事情についてだけで、それについての答えを、詠子自身はまだなにも出せていない。そのことが頭をよぎり、詠子は語くんの目をまっすぐに見ることができなかった。

しかし、語くんの方はといえば、もちろんこの話を言い出したからには、お金のことではないにしろ、なにかを思いついているのだろう。案の定、らんらんとした瞳で続けた。

「だろ。俺もここのところ、特に新案とか出てなくて、行きづまっててさ、で、ちょっと原点回帰っていうか、ガラスについてもうちょっと知りたくなったんだよ」

「ガラス……そのものについて、ってこと？」

「そ。言珠も言箱もさ、それ自体は知らない人から見れば、ただの置きものか飾りって感じで、日用品じゃないだろ？　でも、ガラスっていう大枠で考えると、ガラスは昔から、俺らのまわりのいたるところでつかわれてきた。コップとかの食器はもちろん、窓ガラスとかテーブルとか、そういう住居まわりにも」

語くんの言葉に、詠子はうなずく。そして、自動的に以前、おじさんと、詠子のお母さんに言鈴をつくった際、おじさんが話してくれたガラスの歴史の話を思い出す。確かにガラスは、何万年も前から平民の間でも広くつかわれていたそうで、人間の生活にいつも寄りそってきた存在だった。

と、そこまで思い出して、詠子の気持ちは暗くなる。語くんの誘ってくれたこの旅に乗ったのは、家でおじさんと過ごす時間を少しでも減らしたいという思いもあったというのに、おじさんはふとした瞬間に、どうしても詠子の思考の中に現れる。

ただ、そうやって一瞬飛びかけた詠子の思考も、話し続けていた語くんが、語調のトーンを少しあげたことをきっかけに、はっ、と語くんの方へもどった。

「で、いろいろガラスのこと考えて、ふと気づいたんだけど、今、俺らにとっていちばん身近なガラスって、やっぱ……これじゃね？」

そう言って語くんは、手に持っていた自分の携帯端末を詠子に見せる。そして、目を見ひらいた詠子を見て、にやりとした。

「そ。液晶画面。テレビもだけど、パソコンも携帯もタブレットも、液晶にはガラスがつかわれていて、そういう分野で日本の技術力って、結構評価されてるらしいんだ。

今後またテクノロジーが発達して、端末のかたちの主流がメガネ型とか腕時計型とかに変わっても、しばらくはこの液晶画面系のものって、人間の生活のかなり近いところ……っていうか、中心部分にある気がすんだよね。しかも、こいつらは、昔のテレビみたいにただ情報を受け取るための画面じゃなくて、情報の受信発信の両方を担う、コミュニケーションの基盤に、今後ますますなっていく。コミュニケーションの、言葉のやりとりの、基盤に」

「言葉の……」

「な？　なんか言葉屋の新商品につながりそうなにおいが、ぷんぷんするだろ」

高ぶる興奮を意識しておさえているようすの語くんに、詠子はうなずく。

「うん。する」

すると、語くんはうれしそうに満面の笑みを浮かべた。

「だろ。まあ、もちろん、なにをどうするかがすげー難しいわけだけど、昔さ、アメリカで十四歳の女の子が考案したシステムが、ネットいじめ対策に効果的だって話題になったことあったろ。SNSとかに、『ブス』とか『死ね』とか投稿しようとすると、『このメッセージは誰かを傷つける恐れがありますが、本当に投稿しますか？』って確認のメッセージが出てきて、YESを押さないと投稿ができないようにするっていう……。一見、シンプルなシステムだけど、実験によるとこのメッセージが出たことで、9割以上の若者が投稿をやめたらしいんだ。それって、なんか、言わない勇気を手助けする力に似てる気がして……。や、これは勇気っていうか、気づきか。情報量が爆発的に増えて、書き言葉が話し言葉と同じくらいの速度を持ちはじめてる今、必要なのは勇気以前に、考える時間なのかもしれない……」

後半、語くんの言葉は、語くん自身に向けられているかのように内向きになる。

ただ語くんの思考のための言葉となったそれらは、詠子にもきちんと届いていた。

確かに、確かに、確かに。

語くんと列車に乗ってからすでに何度も詠子の舌に乗ったその言葉が、また何度も舌の上ではずむ。

と、しかし、詠子がその舌の上のリズムを、実際の音にする前に、語くんは詠子との会話にもどってきた。

「でさ、そういうネットいじめとかメッセージアプリでのトラブルとか以外にも、今の話って、アンケートとかにも活かせる気がするんだよ」

「アンケート？」

「そう。身近なところだと、買いものをした店から『品質向上のためにアンケートにお答えください』ってメールが来たりとか、本の帯とか商品自体にも、ご意見お聞かせくださいっていうアンケートフォームに飛ぶＱＲコードとかついてたりするだろ。あ、あと、レビューサイトとかもそっか。とにかく、会話だけじゃなくて、意見を言う場所も、最近じゃ、ネット上が主流になってきてんじゃん。で、そういうのは匿名のことが多いから、好きなことを書きやすいぶん見栄をはったり暴言をはいたりすることもかんたんにできて、いくらでも雑に書くことができる。それを思うと今の時代にはさ、言珠と言箱が持っている、『面と向かったコミュニケーションを助ける勇気』以外に、『人の目がないところで誠意を持つことをサポートする力』が必要な気がするんだよ。ほら、この前、詠子がばあちゃんから聞いたって言ってた、ＳＤＧｓ？　あれ、俺も気になって調べてみたんだけど、あれもさ、オンラインでたくさんの人間の声を集めて決められた目標なわけだろ？　となると、このガラス板の上って今もう、本当にしゃれにならないくらい言葉であふれてて、その言葉の流れ方次第で、世界はよくも悪くも変えられるって、わけだ」

そう言いながら語くんは、改めて感慨深そうに、しげしげと自分の携帯端末を見つめる。

そのようすに詠子も、その小さな端末に、自分の手の内にはおさまりきらないほどの、ブラックホールのようなエネルギーを感じて、ぞくりとした。それであわてて顔をあげる。

「そうか、だから？　だから語くん、ことだまりを見に行きたくなったの？　ガラスのこと、もっと勉強したくて？」

詠子の声に、語くんも顔をあげてうなずく。

「そう。どういうかたちの商品がつくれるかはわかんないけど、今の言葉屋の商品の原料が、強化ガラスとか液晶とか、そういうものにつかえるものなのか知りたくて、関さんに……今から会いにいくその関さんは、そういうのくわしいらしいから、ちょっと話を聞いてみたいんだ。や、もちろん、来夢に詩歌を会わせたいってのも、あるんだけどさ」

と、そこで語くんが、詠子たちが話している間、ずっと静かに窓の外を見ていた詩歌ちゃんの頭にぽんっと、手をおく。詩歌ちゃんは、ワンテンポおいてから語くんを見上げると、ふっ、とやわらかく笑った。もう九歳になろうとしているはずの詩歌ちゃんは、あいかわらず言葉が少ない。笑顔のことが多いため、表情がとぼしいという印象は薄いけれど、逆に言えば、やわらかな笑顔か、少しこまった顔以外の詩歌ちゃんの表情を、詠子はほとんど見たことがなかった。

思えば詩歌ちゃんも、語くんや詠子と同じ、「言葉屋の子」。

それを思うと詠子は、今の語くんの話について、詩歌ちゃんがどう思ったのか聞いてみたくなったけれど、当の詩歌ちゃんは、今の詠子たちの話をどこまで聞いていたのか、意見があるのかないのか、わからない表情をしている。それでつい詠子は、なんと声をかければよいものか、わからなくなってしまった。

でも、詩歌ちゃんのその静かでやわらかい個性は、人を傷つけない。

そんなやわらかさを、語くんが手にしているガラスの硬さにやさしく流しこむことができればいいのに。

詠子は頭のかたすみでそんなことを考えながら、鈍行列車が詠子たちを目的地まで運ぶ間、語くんとの言葉屋会議を、ゆっくりと続けた。

「わー！　来た来た！　待っとったでー！」

詠子たちの目的地、「風鈴屋　関」が見えてくるやいなや、その古民家風のお店の前でずっと待っていたらしい来夢ちゃんは、そう言って満面の笑顔で走りよってきた。

頭の上でお団子にした髪には、黄色い星やオレンジ色の玉など、プラスチック製の、元気な印象の髪かざりがつけられており、前髪はキャンディーのかざりがついたヘアピンでとめられている。デニム地の短パン仕様のオーバーオールの上には、袖にレースのついた、オレンジ色の半袖パーカーを着ており、派手なかざりのついた白のスニーカーからは、虹色のしましまのニーソックスが飛び出ている。オーバーオールの胸ポケットには、なぜか小さなロボットのぬいぐるみが入っていて、しかし、それが少女のファッションに不思議とマッチしていたために、そこにあまり大きな違和感はなかった。そして、その大きな笑顔からは、元気な八重歯がのぞいている。

華やかさと活気が、あふれてあふれて、止まらない。

それが、来夢ちゃんだった。

来夢ちゃんは、あっという間に語くんの前まで走ってくると、そのままのいきおいで、語くんに腕をからめる。

「カタルー！　久しぶりやなぁ！　もう全然来てくれへんやん。うち、ずーっと、待っとったんよ？　あ、出た！　彼女やん。カタル、彼女、つれてきたん？」

わーっとせわしなくしゃべり立てている来夢ちゃんの目が、ふと、詠子の上で止まる。

すっかり語くんになついているようすの来夢ちゃんに敵意を向けられるかと思い、詠子は思わず身がまえて、あわてて顔の前で手をふった。

　すると、語くんはオーバーに肩をすくめる。

「……だって。まだ、彼女になってくんないみたい」

　おどけた調子で来夢ちゃんにそう言った語くんに、詠子は思わず抗議の声をあげかけたけれど、詩歌ちゃんほどでないにしろ、詠子も言葉のペースはゆっくりな方で、そのチャンスはあっという間に来夢ちゃんにかっさらわれる。

「えー、ダメやん、カタルー。でも、いっしょに来てくれたってことは、脈アリなんちゃう？　まかしとき、今日一日、うちががっつりアシストしたる！」

　来夢ちゃんは、そう言って語くんの背中をバシッとたたくと、豪快に笑う。そして今度は、語くんのうしろに詩歌ちゃんを見つけ、またもや屈託のない笑顔で話しかけた。

「あー！　あんたがシーカ？　カタルの妹？　へえ！　なんかわかるようでわからんなあ」

　言いながら、来夢ちゃんがあまりにもじろじろと遠慮なく詩歌ちゃんを見つめたため、詠子は、思わずどきりとしてしまう。しかし、詩歌ちゃんはいつものように笑顔を絶やさず、来夢ちゃんも来夢ちゃんで、笑顔をくずすことなく続けた。

「あ、うちが大阪弁なん、おどろいた？　かわええやろー、大阪弁。なんか、大阪弁やと元気出るー思てつこてんねん。って、うち、大阪住んだことないんやけどな。あ、ここ、ずっこけるとこやで。や、お母ちゃんがな、大阪の人やってんて。うちは赤ちゃんの時に捨てられてもーたから、全然おぼえてへんのやけど……あ、しもた。こういう強い言葉で同情買おうとしたらあかんって、いつも言われとるんやった。ま、でも、そういうわけやから、うち、自分でテレビ見て、大阪弁、練習してん。せやから、たまにまちごーてても、堪忍な。おじいちゃんらは、おとんのおとんとおかんやから、大阪弁はしゃべらへんねん。あ、おとんももう、いなくなってしもたから、ここにはおらへんのやけど」

そこまで一気に話しきると、来夢ちゃんは詩歌ちゃんの反応を待たずに、くるりと再び語くんに向きなおる。

「どうするー？　うちの店、寄ってから、ことだまり、いくー？　せやけど、おじいちゃん、今、めっちゃ忙しそやねん。このまま、うちがことだまりまで案内しよか？」

すると語くんは、来夢ちゃんの一連の言動にちっとも動じたようすは見せず、思案顔で答えた。

「んあー、そっか、じゃあ、荷物だけおかせてもらって、まずは来夢の行きたいとこ行こうぜ。ことだまりには、あとで関さんにつれてってもらうよ。見学しながら質問したいこともあるし」

するると、来夢ちゃんは絵に描いたように頬をふくらませる。

「えー、うちじゃ頼りないー思とるんやろ。うちだって、カタルの役に立ちたいのにー」

「ちがうって。俺ら、今日は来夢と遊びにきたんだから、そっちが先。ことだまりはついでだから、あと。ほら、どこ行きたい？　てか、案内して」

「えー、そお？　そやんなぁ、カタル、うちのこと、大好きやもんなぁ。よっしゃ、まかしとき。とっておきのスポット、案内したるで。じゃ、ちょっと、おじいちゃんに言うてくるから、待っとって！　てか、荷物って、それだけやろ？　それ、うちらへのおみやげ？じゃ、うちがもろとくから、ここで待っとって。うち、せまくてガラスだらけやから、いっぱいで入ると危ないねん。貸して、貸して。あ、おいしそーやん！　おおきにね」

そういうなり来夢ちゃんは、語くんが代表として持ってくれていた菓子折りの入った紙袋を、語くんの手からもぎとり、ぱーっと店の中に走っていってしまう。

ぽつんと三人で残されて、詠子は、しばらく間をおいたあと、語くんを見上げた。

「……語くん」

詠子の視線を受けて語くんは、少々バツが悪そうに肩をすくめる。

「悪い。行きの電車、ガラスの話に夢中になって、来夢のこと話すの忘れてた」

「ううん、私も聞かなかったから……」

「ま、でも、今、来夢が自分で話してたことが、俺が知ってるすべて。俺もくわしくは知らないけど、今は来夢、あの家でじいちゃんばあちゃんと暮らしてて、あの家で暮らすようになってから、あの大阪弁っぽいしゃべり方をはじめたらしい。たぶん、あれが来夢の寂しさの表し方なんだろうな。あとで紹介するけど、関さん……来夢のじいちゃんってさ、すっごい静かで……なんていうか、気が弱そうな人なんだよ。例の『秘密あらし』の事件で呼ばれて初めて会った時、俺もびっくりした。てっきりすげーこわい頑固じいさんみたいな人に無茶苦茶怒られんのかと思ったら、関さんが出てきて、俺に丁重にお茶を出してくれてさ、『秘密あらし』の『ひ』の字も話に出さないで、俺のふだんの生活のこと聞いたり、来夢と話させたり……。それで、ああこの人は、来夢を将来、ひとりにしないために、俺を呼んだんだなって思った。関さんも、関さんの奥さんも、もう結構高齢だから」

「そう、だったんだ」

そううなずきながら詠子は、来夢ちゃんが入っていったお店を見つめる。

語くんも、同じように見つめて、うなずいた。

「なんだかんだ、ここまで結構、距離あるからさ、会いにはなかなか来られてなかったけど、携帯では俺、来夢とちょくちょくやりとりしてて。さっきのあれも、たぶんわざと無神経に見せてるだけで、本質はたぶんあいつ、詠子に似てる気がするんだよ。な、だから、大丈夫だぞ、詩歌」

そう言って語くんは、うしろに控えていた詩歌ちゃんの頭に、またぽんっと手をおく。

すると詩歌ちゃんは、電車の時と同じように、口角を少しだけあげてほほえんだ。

「ということで！　じゃじゃーん！」

その後、大きなリュックを背負ってすぐにお店からもどってきた来夢ちゃんに先導され、お店から少し歩くと、詠子たちは林道の入り口とおぼしき、鳥居の前にたどりついた。

その鳥居の前に立って来夢ちゃんは、大きく両腕をひらいてポーズを決める。そのいきおいで、来夢ちゃんの胸ポケットのロボットの腕が、ぴょんぴょんとゆれた。

「ここが、うちのことだまりに続く道の入り口でーす！」

その言葉に、詠子は目を見ひらき、その横で語くんは、はあっとため息をつく。

「……やっぱりか。あとでいいっつったのに」

「だってー、うち、カタルといっしょにことだまり行きたかってんもん。ええやん、あとでお客さん引いたら、おじいちゃんも来てくれるー言うとったし」

「ったく。わかった。来夢がそれでいいんならいい。ただ、そのリュックは、貸せ」

「へ？」

言うなり語くんは、来夢ちゃんの背中からほぼ無理やりリュックをもぎとって、背負う。

シックなモスグリーンのシャツを着た語くんに、さまざまな色の星とハートが乱舞した、来夢ちゃんのデニム地のリュックは少々滑稽であったけれど、その違和感の大きさは、そのまま語くんの、人としての器のサイズに変換された。

「どうせ、こん中、俺らのぶんの弁当と水とか入ってるんだろ。四人分を、九歳が背負うな」

語くんは、そう強めの語調で来夢ちゃんをしかると、先頭を切って歩き出す。

来夢ちゃんはしばらく、そんな語くんの背中を見つめると、ぱっと詠子にふりかえり、

「やっぱカタル、ええ男やんな」

と、にぱっと笑うと、そのまま語くんのもとへ走りより、タックルするように語くんに抱

きついた。

「カタルー！　カタル、うちのこと、大好きやんなぁ。な？」

「あぶなっ！　こけたらどうすんだよ、俺のこと、背負わせるぞ」

「ええでー！　なんぼでも背負ったるでー」

そうして歩くこと小一時間。

ハイキング日和の天気とあって、四人の足どりは終始軽く、平坦な道のりが続いたこともあって、その時間は、体力に自信のない詠子にも、まったく苦にならなかった。ただそれは、来夢ちゃんの止まらないおしゃべりの明るい声が、詠子たちに疲れを感じさせるすきを与えなかったからなのかもしれない。

「来夢ちゃんは、ここ、よく来るの？」

最初のおどろきを乗り越え、今日という限られた一日の中で、来夢ちゃんとなるべくたくさんコミュニケーションをとりたいと思いはじめていた詠子は、息切れをしないように気をつけながら、来夢ちゃんに話しかける。

「しょっちゅうやでー！　ここはうちの庭みたいなもんや。好きなんよ、静かやけどずーっと音がしとって、最高やん。風も気持ちええし。うちの家、風通し悪いねん。ほら、うち、風鈴屋やろ？　誰かがちょっとドアあけただけで、風鈴鳴りまくって、うるそーてかなわんもんやから、基本的に窓とか、ぜんぶ閉め切ってんねん。だからたまに息苦しくなんねんな。けど、ここはいっつもええ風吹いとるから、おすすめやでー。夏もすずしいし。せからや、またすぐに来てな。秋もええし、冬も……まあ、ええねん」

　すると、語くんがすかさず水を差す。

「や、寒いだろ」

「そりゃ、冬はどこも寒いやろ。なんなん、カタル、寒いの嫌いなん？」

「南国育ちなもんで」

「あー、ええなぁ、常夏っちゅうやつか」

「ええなぁって、結局、おまえも寒いの苦手なんかい」

「お、ええツッコミやな」

　道は、獣道が少しだけ舗装された一本道で、特に迷いそうもなかったため、先頭はずっと語くんで、そこに来夢ちゃん、詠子、詩歌ちゃんが続いた。

　詩歌ちゃんにしんがりを任せてよいものかどうか心配であったけれど、詩歌ちゃんに先に行くよう勧めた際、詩歌ちゃんがめずらしく首をふって、詠子を先に行かせたがったため、この順になった。しかし、そのため詠子は、発言のない詩歌ちゃんの安否を気にして、頻繁にうしろをふりかえることとなり、そのたびに詩歌ちゃんが問題なくすずしい顔でついてきていることに安心した。思えば詩歌ちゃんも、語くんと同じく自然の豊かな場所で育ったため、詠子よりかはずっと、このような道に慣れているのかもしれない。

そして、そろそろ詠子が体力に不安を感じはじめたころ。

一行は、少しひらけた場所へとたどりつき、そこで来夢ちゃんは、再びばっと両腕を広げた。

「ということで！　本日二度目の！　じゃじゃーん！」

そう言って体をめいっぱい広げた来夢ちゃんのうしろには、いかにもといったようすの洞窟があり、そこが、詠子たちが目指していたゴールであるようだった。

「おー、ここかー」

四人分の荷物を持って歩き続け、さすがに額に汗をにじませている語くんが、しかし、すがすがしい表情で、その洞窟を見上げる。

その入り口は、詠子が想像していたよりもずっと小ぶりで、人工的な採掘場という印象はまったくなかった。季節が季節でなければ、中から冬眠を終えた熊が出てきそうな、自然のかおりが強い。

「せやでー。こっから珪石がとれんねん。で、おじいちゃんがそれを粉砕して珪砂にして、カタルたちんところに送っとるんやね。って、言うても、そこらへんに転がってるんも、珪石なんやけどね」

神聖な場所をあがめるように、憧れのまなざしで洞窟の入り口を見つめていた語くんと詠子は、来夢ちゃんの言葉を受けて、あわててあとずさる。見れば確かに、あたりには角ばった石がごろごろとしていて、それは詠子がこれまで写真で見たことのある珪石に、確かに似ていた。

大切な言箱の材料を、踏んでしまったなんて。

詠子は自分の罪深さにおびえて青ざめたけれど、あまりにもそこここに転がっているため、踏まずにこの場をあとにすることは、もはや不可能だった。

そんな詠子を見て、来夢ちゃんは笑う。

「大丈夫やって、エーコちゃん。うちもな、最初はびっくりしたんやけど、おじいちゃん、言うとったんよ。言葉は別に神さまやないんやから、あがめたり恐れたりせんでええんやって。遠ざけるより、どう近づくかを考えるとええらしいで。せやから、わざと踏んづけたり蹴ったりするんはあかんのやろうけど、上を歩かせてもらうんはええんやて。……って、むっちゃ、ヘリクツやー思わん？　けどまあ、そう思わな、材料とれへんから、そう思うとくしかないやんな？」

そう言って来夢ちゃんは、またけらりと笑う。

しかし詠子としては、その言葉がただの気休めであったとしても、その精神が好きになった。遠ざけるよりも、近づく方法を。それは、詠子にとってはとても大切な考え方であるような気がした。

すると、そこで来夢ちゃんが、ぱんっと手をたたく。

「はい！　では、ここでお弁当休憩としまーす。各班分かれて、好きな場所で来夢のおばあちゃん特製爆弾おにぎりを食べてくださーい」

言うなり来夢ちゃんは、語くんからリュックをとりかえし、アルミホイルでつつまれた大きな球体を四つと、お茶の入ったペットボトルを四本取り出し、それぞれに配った。

「なんだよ、班って」

その特製お弁当を受け取りながら語くんが笑うと、来夢ちゃんはしれっと答える。

「そら決まっとるやろ、カタルとエーコちゃん、うちとシーカや」

当然、といった顔でそう言いのけた来夢ちゃんに、詠子がおどろく。

「え？　本当に分かれて食べるの？」

言いながら、詠子はちらりと詩歌ちゃんを見やった。詠子はともかく、詩歌ちゃんを来夢ちゃんとふたりにして、はたしてよいのだろうか。

しかし、来夢ちゃんはそのまま、有無を言わさず、詩歌ちゃんの腕を引いていく。

「ほらほら、気ぃきかさんと。あとは若いおふたりでーって言うやろ」

そうして、詠子たちより六歳年下のふたりは、詠子たちから離れていく。

その背を見送りながら語くんは、

「あんま、遠くいくなよー。声届く距離なー」

と、別段ふたりを止めることなく、ふたりを見送った。

そして、詠子にふりかえりながら、肩をすくめる。

「なかなか斬新な気の遣い方で」

詠子はそれに返す、気の利いた斬新な答えを思いつくことができず、ただあいまいにほほえんだ。

来夢ちゃんのおばあちゃん特製の爆弾おにぎりは、本当に大きくて、詠子が両手でつつんでもその手からこぼれ落ちそうだった。白いごはんに長方形の味つけ海苔がぺたぺたと貼られた見た目はサッカーボールのようで、しかし、からあげやカニカマ、お漬けものなどがランダムに出てくるその仕様は、飽きのこないびっくり箱のようでもあった。

　そんなおにぎりを、語くんと、近くにあった大きめの岩の上にすわって並んで食べながら、詠子は改めて「ことだまり洞窟」を見上げる。そして、つぶやくように言った。

「思ってたより小さかったけど、やっぱり、神聖な感じがするね。でも確かに、遠い神さまっていうよりもう少し近い……ご先祖さまみたいな感じがする」

　そんな詠子に、語くんはうなずく。

「だな。あとで関さん来てくれたら、中も見せてもらおうぜ。って、来夢のあの感じじゃ、本当に来てくれるのかわかんないけど」

「そうだね……。でも、語くんにはごめんだけど、私は来夢ちゃんといっしょにこうやって来られてうれしかったな。関さん、まだお会いしてないのにこんなこと言うのも失礼かもしれないけど、仙人みたいなおじいさんのイメージだったから、そういう神さまみたいな方の案内だったら、私、こんなにリラックスして、今、ここにいられなかったかもしれない。これまでの言葉屋の伝統は、やっぱりいじっちゃいけないんじゃないか、過去に感

謝して、今のままの流れを残していくことに専念しなきゃいけないんじゃないかって、そういう気持ちになっちゃってたかも。来夢ちゃんみたいな、未来から来た妖精みたいな女の子につれてきてもらえたから、今、純粋にまっさらな気持ちで、ここの空気をすえてる気がする」

おにぎりを手に、視線を「ことだまり」に向けたままそう話し続けた詠子に、語くんはそこで、ふっ、と息をつくように笑う。

それで詠子は急に恥ずかしくなって、語くんを見た。

「ごめん、なんか語っちゃった」

語くんは、首をふる。

「や、悪い、そうじゃなくて。今日は詠子、よくしゃべるなと思って。詠子がいっぱいしゃべる時って、だいたいテンパってる時だけど、今日は落ちついていっぱいしゃべってるから」

語くんの分析に、詠子は再びあいまいにほほえむ。

そして、心の中で、その分析結果が少しだけはずれていることを指摘した。

ちがうよ、語くん。

本当は今、少し緊張しています。

そう思って詠子は、今さらながら、「斬新な気の遣い方」をして去っていった来夢妖精を、少しだけうらんだ。

そして、そうこうしているうちに、今度は語くんが話し出す。

「俺もさ、結果的によかったよ、こうやって来られて。てか、詠子を誘って。やっぱ俺は一回なにか思いつくと、がーっと突っ走って、すぐ視野がせまくなる。今日ここに来る間も、詠子とちがって未来ばっか見てた。詠子が今の話、してくんなかったら、過去の人たちの気持ちとか、今の流れとか、ないがしろにするところだったかもしれない」

その言葉に、詠子は少しほっとして、そして気持ちがゆるんだ。

「そう言ってもらえると、うれしい。私はいつも、語くんに引っぱってもらってばかりだから」

そう言って、詠子がやっと、あいまいさのない笑顔を出せた時だった。

語くんが、ぽつりと、落とした。

「やっぱ、好きだな」

と、ぽつりと、気持ちを落とした。

しかし、

「え？」

と、詠子がそう目を見ひらいた時にはもう、語くんは、自分がそれを落としてしまったことに気がついていて、ただその顔は、とてもとてもめずらしい表情をしていた。色黒の語くんの肌でもわかるくらいに頬が紅潮し、語くんは、あせっていた。

「……悪い。ごめん。まちがえた。今のなし。なんか、ぽろっと出た。悪い。ほんと」

そう言葉を刻んだあとに、語くんはまだ詠子と同じくらいの量が残っていたおにぎりを、大きな口をあけて、二口、三口、とあっという間に食べきってお茶で流しこむ。そして、そのまま、ぱんぱんと手をはらって、立ち上がると、

「ごめん、ちょっと頭冷やしてくる。そこにいて」

と、あっけにとられている詠子を見やることもなく、木々の密生している方へと歩き出してしまった。その瞬間、

「……言箱、持ってくればよかった」

と、詠子に聞こえるか聞こえないかくらいの声でつぶやかれたその語くんの言葉を、詠子が聞いてしまってよかったのかどうかはわからない。

ただ詠子は聞いてしまったし、そして、気がついてしまった。

あんないきおいでおにぎりを食べられる語くんが、食事のペースの遅い詠子に合わせて、ゆっくりおにぎりを食べてくれていたことに。そして、それはおにぎりにかぎらない。ここまで先頭を切って歩いていた語くんは、ずっと、重い荷物を背負いながらも、後方の詠子や詩歌ちゃんを気遣ったペースを保って歩いてきてくれた。そのことに、詠子は今さら気がついた。そしてそれはきっと、今日にかぎったことではないのだろう。

詠子は、そんなぐるぐるとした気持ちに満ちてしまった胸をなんとかごまかしながら、おにぎりの続きを食べ終わると、そのままそこにぽつんと残り続けることができなくなって、立ち上がった。

そして、語くんが行った方向とは逆方向に歩き出す。

来夢ちゃんと詩歌ちゃんを、探そうと思った。

探したいと、思った。

そして幸い、木漏れ日の光をたどるように歩いていくと、ふたりはすぐに見つかった。洞窟の裏側あたりに、ふたりはならんで腰をおろしていて、ふたりの背中を見つけて、詠子はほっとする。ただ、詠子の足どりが静かだったためか、ふたりはまだ、詠子が近づいていることに気がついていなかった。

と、ふたりに声をかけようとしたところで、詠子の足はぴたりと止まる。来夢ちゃんのよく通る声が、強く響いたのだ。

「なあ、なんでシーカは、しゃべらんの？」

そのあまりにストレートな問いかけに、詠子はつい、びくりとしてしまう。

ふたりの間に入るべきか迷い、しかし同時に、自分もその答えを知りたいと思ってしまう。そして、その本心が遅らせた決断に、詠子の足はのみこまれた。

ややあって詩歌ちゃんは、詠子にギリギリ聞こえる、とても小さな声で答えた。

「……くせに、なっちゃったの。小さいころ、何語もうまくしゃべれなくて、うまく伝えられなくて、しゃべるといつも、相手の人がこまった顔とか、めんどくさそうな顔をして、それでも無理してしゃべると目立っちゃって、からかわれることもあって、そうすると、お兄ちゃんが飛んできて、助けてくれて、でもかわりにお兄ちゃんが怒られたり、ぶたれたりすることがあって、悲しかった。だから、そうなるくらいなら、黙って笑ってる方がいいって、思ったの。目立って大変なことになるくらいなら、なるべくやわらかい空気になりたい。そう思ったら、くせになっちゃった」

「そうなんかー。でも、しゃべらんかったらしゃべらんかったで、気ぃ遣われへん？　大丈夫ーって、しょっちゅう聞かれるやろ？　……あ、や、別にうち、怒っとるわけやないんよ。むしろ、感心してんねん。そういう戦い方もあるんやなぁ思て」

背後から見ている詠子に、詩歌ちゃんの表情はわからない。けれど、詩歌ちゃんの背中が、来夢ちゃんの言葉とともに少しまるまったり、のびたりするところに、いつもの詩歌ちゃんの笑顔以上の表情を、感じていた。

「そうやよなぁ、人間っておもろいよなぁ。人間くらいなんちゃう？　しゃべらん子を心配できるんわ。うちはな、逆なんよ。このしゃべり方することで、戦っとるん。『見て見てー』って、しとるんよ。大阪弁って、言葉のキャラ強いやん。お笑いの影響とかあるんやろうけど、なんかカラッとして強そうやん。そういう偏見に悩んどる関西人もぎょうさんおるんやろうけど、うちはほら、こういう派手なカッコしとるんもあって、見るからに、好きで大阪弁つこてますーって感じやん？　うちな、学校では本当に関西から転校してきたことにしてんねん。ほんまはちゃうねんけど、前住んでたとこ、ここよりほんのちょっと西やし、じゃあ、まあ、関西言うてもええかー、思て。……そうなんよ、うち、ほんまはどうせ引っ越すなら大阪行きたかってん。せやけど、おとんにほかに好きな人ができてなー、うちをここにおいてくつもりで、こっちに来たんやって、おとんいなくなってから、わかってん。まあ、こっち引っ越そー言い出した時から、おかしいとは思ててんけどな。おとん、おじいちゃんとおばあちゃんの暗い性格が嫌やーって家出た言うてたんに、急に実家帰るー言うんやもん。せやから、うちのこれは、武器で鎧なんよ。学校では鎧。学校でいじめられにくいキャラでいこー思て、まあ一か八かやったけど成功して、いい鎧になったわ。家では武器。おとんが嫌がったくらーい雰囲気、変えたろ思て、おとんが好きだったおかん、こんなしゃべり方やったんかな思て、やってみてん。もちろん、おとんたちには学校で鎧にするからー言うてはじめたんやけど。でも、ま、結局、おとんいなくなってしもたから、こっちは失敗やったな。むしろ、今じゃこのしゃべり方しとると、おじいちゃんおばあちゃん、悲しむんやないかなー思て、やめよかー思とるんやけど、今さらムズいやんな。……って、めーっちゃ、しゃべてしもたやんか。ええな、シーカ、しゃべらんけど、ちゃんと聞いててくれるから、話しやすいな」

来夢ちゃんは、けらけらと笑って、詩歌ちゃんの背中をたたく。

しかし、その笑いがおさまると、少し声のトーンを落として続けた。

「でもな、シーカ。あんた、たぶん、そろそろ戦い方変えんと、危ないで。高学年女子はこわいからな。今まではその『しゃべらんでー作戦×末っ子×帰国子女転校生』で乗り切ってこれたやろうけど、これから、ちょっとでも風向き変わろうもんなら、かまってちゃんやー、ぶりっこやー、あんたロボットか、や、今時ＡＩの方がようしゃべるわー、って言われんで。って、まあ、うちはロボット好きやねんけどな。ほら見てみ、ここにおるやろ……えっ！」

流れるようだった来夢ちゃんの言葉が、そこではっと止まり、来夢ちゃんはぱっと立ち上がる。

「どうしよっ、いない、なくし……落とした？　あ、ちがう、おらん、のうなった、ちゃうねん、ちゃうねん、お母ちゃん……」

一瞬消えた来夢ちゃんの大阪弁のイントネーションが、すぐに嵐をともなってもどってくる。目に見えておろおろしはじめた来夢ちゃんに、詩歌ちゃんもあわてて立ち上がった。

そして詠子も、さすがに静観できなくなって、飛び出そうとする。

しかし、一拍早く、岩陰の向こう側、詠子の死角になっていたところから、飛び出した影があった。

もちろん、語くんだった。

「来夢！　どうした？」

すぐに詩歌ちゃんと来夢ちゃんの前に立った語くんの腕に、来夢ちゃんはすがるようにつかまる。

「どうしよ、カタル。おらんねん、うちのロボット。お母ちゃんからもらった、あのロボット、どこかに落としてしもたかもしれん。どうしよ、うち、探してこんと」

まっさおになっている来夢ちゃんに、詠子もなりふりかまわず、歩みよる。

「ロボットって、さっき、その胸ポケットに入ってた、ぬいぐるみの？」

すると、詠子の突然の登場に一瞬、おどろいたように目を見ひらいた来夢ちゃんが、しかし、すぐにうなずいて、詠子に近よった。

「そやねん。体が灰色でな、目が黄色くて、手足がオレンジと黄緑のしましまのぬいぐるみやねん。ロボットなんに、なんでやらかいん？って感じの、これくらいの大きさの、ぬいぐるみやねん。見た？　エーコちゃん、どっかで見た？」

せまってくるような来夢ちゃんの必死なようすに、しかし、詠子は首をふる。

「ううん。このあたりでは見てない。でも、さっきの鳥居のところ、この林の入り口のところで来夢ちゃんのポケットに入ってたのはおぼえてるから、あるとしたら絶対、この林のどこか。ずっと一本道だったし、まだ明るいから、今からもどれば大丈夫。きっと、見つかる」

すると、詠子のその、今日のうちでいちばんしっかりとした強い調子におどろいたのか、来夢ちゃんは、瞳ににじみはじめていた涙を腕でぬぐって、うなずいた。

「せや……。せやな。おおきに、エーコちゃん。なあ、悪いけど、もどってもええ？　だいじなもんやねん。お母ちゃんが、うちにくれた、たった一個のもんやねん」

来夢ちゃんのお願いに、異議をとなえる人は、もちろん誰もいなかった。


ロボットはすぐに、意外なかたちで見つかった。

詠子たちが半分ほど道のりをもどったところで、店番を来夢ちゃんのおばあちゃんにまかせてこちらに向かってきてくれていた関さんに行き合い、その、ぽつんと道のまんなかに立ちつくしていた関さんが、手に、来夢ちゃんのロボットを持っていた。

関さんは、手に持ったそのロボットを、ぼうっと見つめて立っていた。

来夢ちゃんはそれに気づくなり、両手をあげてよろこび、ロボットを、関さんの手のうちからいきおいよくとって抱きしめる。

「おおきに。おおきに、おじいちゃん」

なくした時よりもずっと涙がにじんだその声に、誰もがそのロボットが、来夢ちゃんにとってとても大切なものであることを悟る。

「悪かったね、語くん。孫がふりまわしてしまって」

そして、そう言って来夢ちゃんのかたわらに立ち、語くんに頭をさげた関さんは、とても小さなおじいさんで、語くんが言っていたとおり、とても静かな人に見えた。

「いえ、こちらこそ、お仕事の途中で来ていただいてしまい、申しわけないです」

と、ていねいに言って首をふった語くんに、しかし、来夢ちゃんはしょげたようすで眉尻をさげる。

「ほんま堪忍な、カタル。ありがとー。うち、これがないとなんか、ダメやねん。赤ちゃんみたいやって、わかってんねんけど、なんか、ダメや……」

「来夢」

と、そこで、またばーっと話し出そうとしていたようすの来夢ちゃんを、少し強い声量で制したのは、現れたばかりの関さんだった。

そして関さんは、一本道のせまい道にならぶように立っていた来夢ちゃんに向きなおると、真剣な調子で続けた。

「もう、やめにせんか」

「……え？」

来夢ちゃんにとっても、関さんのこのただごとではないようすはめずらしいようで、来夢ちゃんの顔には、とまどいが広がっている。

詠子は、語くんの一歩うしろでふたりをはらはらと見つめ、自分が今、どんな表情をするべきか迷った。しかしそこで語くんが、落ちついて口出しせずに見守るように、と合図をするかのように、手で詠子を制するようなポーズをしたため、まずはそれにならって口をつぐむ。

関さんはそんな詠子たちの視線がそこにあることを、きちんとわかっているはずにもかかわらず、そのまま続けた。

「この前話したとおり、もうすぐおまえは、私たちの養子になる。書面の上では、私たちの子どもになるんだ。書面の上……まずは書面の上にはなるが、私たちも命続くかぎり、おまえを実の娘だと思って、育てていきたいと思っている。その上で、おまえがいつまでもそうやって母親の面影や父親の帰りを求めることは、私に、そして特にばあさんにとって、つらいことなんだ。おまえにはもう、こうして語くんのように、これから長くつき合っていただける仲間もできた。学校でももう、そんなしゃべり方をせんでも、離れていかない友だちもできたろう。そんな不自然なしゃべり方をする必要は、もうない。こんなロボットも、もう捨てた方がおまえのためだ」

「いや……。いやや！　おじいちゃん、なんでそんなこと言うん？　なんでそんなこと、言えるん？　この子は、お母ちゃんがうちにくれたたったひとつの……」

「そうだ。あの女は、それしかおまえによこさずに、赤子のおまえのもとから去った。おまえが女の子であることはわかっていたのに、そんな明らかに男児用のわけのわからないものだけ与えて、去った。おまえが、おぼえてもいない母親からの愛情を感じたいのはわかる。ただ、おまえも薄々わかってはいただろう。本当に母親がおまえに愛情をそそごうとしていたのなら、おまえにそんなものは選ばなかった。人形なり、うさぎのぬいぐるみなり、せめてピンクのタオルくらい与えたろう。私はそれを見るたびに、くやしかった。おまえがそんな適当な愛しか受けてこられなかったことが、くやしかった。私たちがもっと早くにおまえを見つけてさえすれば、私たちが、おまえにもっときちんとした愛情を教えられていたのに。そう、ばあさんとふたり、これまで何回も自分たちを呪った。だからもう、今日を機に、やめにしよう。もう過去にとらわれなくていい。これからは、おまえの好きなように生きていいんだ」

関さんの声は終始おだやかで、そっと来夢ちゃんを諭しているようだった。

しかし、なぜか、なぜだか詠子には、関さんの声の奥に強い怒りと、苦しみがあるように思えてならなかった。

ただそれ以上に来夢ちゃんは、自分の中から湧き出る激しい感情の扱い方をわかりかねているようで、関さんの言葉を受けながら、来夢ちゃんのくちびるはふるえ、瞳からは大量の涙が、支えを失ったかのようにとめどなくあふれては、頬をつたっていっていた。

来夢ちゃんに愛情を伝えようとしているはずの関さんの声がつくる音の、ひとつひとつが、来夢ちゃんを傷つけていた。

「でも、でも……」

言葉にできない抗議の気持ちが、来夢ちゃんをくずしていく。

詠子たちをことだまりに案内してくれたあの可憐な妖精の国を、くずしていく。

来夢ちゃんは、このあと、その腕に抱いたロボットを抱きしめるのだろうか、取り落とすのだろうか。それが、来夢ちゃんの答えのすべてになるような気がして、詠子の手は汗ばんだ。途中、その手を何度も来夢ちゃんにさしのべたくなって、しかし、来夢ちゃんの答えをじゃましてはいけない気がして、ためらった。

しかし、やがて。

来夢ちゃんが、ううっと声をもらしながらその場にしゃがみこんだ時、詠子はもう、ためらわなかった。

「あの、私、おじさんに聞いたことがあります」

詠子は、語くんのわきをぬけ、一歩前に進み出ながら、そう切り出した。

全員が、来夢ちゃんまでもが、おどろいて詠子を見る。その全員の視線を受けながら、詠子は臆せずに続けた。

「科学的思考が必要な職業に、今、女性が少ないのは、男女にその力の差があるからじゃなくて、女の子が小さいころ、そういう力を育むおもちゃで遊ぶ機会に恵まれなかったからなんじゃないかって説があるそうです。生まれた時から、男の子にはロボットや乗りものやパズル、女の子にはお人形やおままごとセットやアクセサリー。そんな大人たちの悪気のない決めつけが、子どもたちの将来の選択肢をせばめてきたのかもしれないんだそうです。でも本当は、女の子はなんにでもなれる。男の子も、なんにでもなれる。赤ちゃんにロボット、私、すてきだと思います。だって、これから私たちは、ロボットと生きる時代に行くんです。人工知能がもっともっと進化して、生活の中にもっとあたりまえにいる時代に、行くんです。ロボットを大事にして、ロボットと友だちになれるような人になってほしいと思って、来夢ちゃんのお母さんが、赤ちゃんの来夢ちゃんにその子をプレゼントしたんだとしたら、それってとっても、とってもすてきな愛情だって、私は、思います」

自分でも感情をもてあまして、詠子の声は、ところどころ裏返ってしまった。それでも詠子はそのまま、まるで選手宣誓でもするかのように、青葉の生い茂る木々の中で、背筋をのばし大きく息をすって、最後の言葉を言い切った。

「来夢ちゃんのロボットを、かわいそうだと思うことは、差別です」

詠子のその言葉は、木々にすいこまれたかのように、あたりにすっと染みわたり、気のせいかあたりは、先ほどよりももっと静かになったように感じられた。

詠子は、自分の足が今さらながらがくがくとふるえ出したのを感じて、来夢ちゃんのように、その場にすわりこみたくなる。

でも、詠子は立ち続けた。

来夢ちゃんのぶんも、立ち続けた。

「差別……」

やがて、詠子のその言葉をそうくりかえした関さんの声の中の感情を、詠子は緊張で読み取ることができなかった。関さんの顔も、まっすぐ見ることができなかった。

今、詠子の足を支えている力はとても中途半端で、強さとは、とても呼べなかった。

ただ、中途半端な詠子はしかし今、ひとりではなかった。関さんがなにかを続けようとする前に、今度は語くんが詠子のわきを通りぬけて、前に出た。

結果、関さんと来夢ちゃん、語くんと詠子たちの距離がぐっと縮まる。

ただ、そのまま関さんになにかを言うのかと思われた語くんは、しかし、関さんとは目を合わせず、来夢ちゃんの腕をとって、来夢ちゃんを助け起こす。

そして、そのまま続けた。

「きちんとした愛情って、本当、なんなんだろうな。親がいたっていなくたって、ねじくれまがる時はねじくれまがる。個性が今以上に尊重されて、あふれていくべきこれからの時代に、誰にでも当てはまる答えなんかなくて、そのぶんみんな、自分で答えを探さなきゃならなくなる。でもだからこそ愛情はきっと、どんなかたちにしろ、相手を強くしてくれるものがいいんだろうな。『きちんとした愛情』がこの世にあるとしたらそれは、個性を閉じこめたり、弱さを守りすぎたりしない、親鳥が雛に飛び方を教えていくようなものなのかもしれない。でも結局、その方法も十人十色だから、これからの時代、愛情を受ける側は、与えられた愛情の扱い方を選べるようになればいいと、俺は思う。与えられなかったものを無理に求めることは難しいけど、今、自分の手にある愛情の手がかりを、どう自分の力に変えていくか、その気持ちや方法は、きっと、自由でいい。ただ、それ以外の愛情をないがしろにしないことも、きっと同じくらい大事だ。もちろん、すべての愛情に常に全力で応えるなんて土台無理な話で、おしつけの愛情を拒否する自由は守られるべきだ。そもそもおしつけの愛情は、裏を返せばだいたいただの自己愛なわけで、そういうものを区別する鼻は残しておかないとつぶされる。ただもし、誰かからの気持ちに、自分が少しでも愛情を感じたのなら、それがその時必要でも不必要でも、その時ぜんぶ大事にできなくても、ないがしろにはしない方がいいのかもしれない。愛情に、たったひとつの答えがないぶん、俺らはきっとこれから、たくさんの答えにかこまれて生きていかないと、生きることを上手にまちがえられない。その時選ばなかった愛情も、あとで正解になるかもしれなくて、でももし、ないがしろにしていなければ、きっと許される。それが本当に『きちんとした愛情』なら、それはきっと点じゃなくて、線だから」

語くんはずっと来夢ちゃんを見ていて、言葉はずっと来夢ちゃんに投げかけられていた。しかし、不思議と詠子には、語くんの言葉が語くんを中心に円になって、あたりの人全員をつつんでいるように感じられた。

だからかもしれない。

詠子はその時、来夢ちゃんが抱えたままだったそのやわらかいロボットに、きらきらと輝く、透明のリボンがかけられている姿を、見た気がした。

そして、それからあたりは静かになって、ぼうぜんとしている来夢ちゃんが、鼻をすする音だけが響く時間が、三十秒ほど続いた。しかし、そこで今度は、詠子のうしろにいた詩歌ちゃんが詠子のわきをぬけて、無言のまま来夢ちゃんにティッシュを届けにいき、それで再び、場が動きはじめた。

その中で関さんは、詠子をじっと見つめる。そして、

「そうか、『ことむら』の……」

と、息をつくように言うと、それ以上はなにも続けずに、詠子たちにくるりと背を向け、一本道を元来た方へ歩きはじめてしまった。

「あ、あの、関さ……」

詠子は、その背にあわてて声をかけようとしたけれど、語くんに肩をつかまれる。そのまま、詠子たちは関さんを追いかけはしなかった。

関さんのたるんだ重いまぶたはずっと、ふたのように瞳を隠していて、その時関さんがどんな表情をしていたのか、詠子には最後までよくわからなかった。


「ほんま、ごめん。堪忍なー！」

結局その日、電車の時間もあって詠子たちは、関さんの風鈴屋には寄らず、そのまま帰路につくことにした。

そんな詠子たちを駅のホームまで見送りにきた来夢ちゃんは、先ほどから何度もそう言って、顔の前で手を合わせている。その顔にはまだ、泣きはらした痕跡が散らかっていたけれど、そのキャラクターと、あのロボットのぬいぐるみは、しっかり、来夢ちゃんの胸にもどってきていた。

ただ、それが来夢ちゃんの選択なのかどうかは、まだわからない。きっと今の来夢ちゃんの姿はかりそめで、次に来夢ちゃんに会えた時、本当の答えが聞けるのだろう。と、詠子はそう、ぼやけた頭で思っていた。正味数時間の短い訪問となってしまったにもかかわらず、詠子はどっと疲れていて、今はもう、帰路につけることが、正直、うれしくなってしまっている。

そして、ぶんぶんと大きく手をふる来夢ちゃんに見送られながら、電車が出発し、来夢ちゃんの姿が見えなくなると、詠子は思わず、どさっと背もたれに体をあずけた。

行きと同じボックス席。中途半端な時間のためか、車内に人はあまりいない。

「つかれた？　寝てていいよ。ついたら起こすから」

詠子を見て、ふっ、と息をもらすように笑った語くんの声を聞いて、詠子はあわてて背筋をのばす。

「ううん、ごめん、大丈夫」

「いや、いいって」

「ううん、本当に。というか、語くん……。ごめん。本当、ごめんね」

「なんだよ、来夢といい詠子といい。今日はよく謝られるな」

「だって……。結局、私のせいで語くん、関さんとことだまり、行けなくなって、質問もできなくなっちゃって……」

「そんなん、いいよ。てか、むしろよかったんだ。今日のいろいろを受けて、俺、自分の中でもうちょっと考え整理したくなったし。ことだまりを見ることはできたわけで、なんも問題はない」

「うん……。ありがとう……」

「暗っ！　なんだよ、あとでなんか甘いもんでも買ってやろっか」

語くんのそのわざとおどけた調子に乗り切れず、詠子は少しだけほほえんで、首をふる。

「ううん、ありがとう。大丈夫。大丈夫、なんだけど……。私、なんだか最近、自分がこわい……」

そう言って、そこに見えない力が宿っているかのように自分の両手を見つめた詠子に、語くんはぷっ、とふき出す。

「なんだよ、その厨二感」

「ちがくて！　なんか最近私、自分がなにかと怒りで動いてる気がして、こういう感覚初めてで、不安なの。私、自分の中にこんなに怒りの感情があるって、今まで知らなかった。だから慣れてなさすぎて、今日もあんなこと……。もう本当、どうしよう……」

「え、なに、詠子、もしかしてさっきのあれ、後悔してんの？」

「そりゃ……」

「なんでだよ。むっちゃかっこよかったじゃん。来夢も、あのごめんパレードの前は、あんだけありがとうって言ってたし。あのありがとうは、本物だったと思うけど？」

「うーん、そうかな……。でも、これで関さんがおばあちゃんのお店との取引やめるとか言ったらどうしよう……」

「だいじょーぶだって。そりゃ、詠子の中じゃ関さんの第一印象はいまいちになっちゃっただろうけど、関さん、そんな人じゃないから」

「そう？　そっか。あー、でも……」

「てか、ちょっと話もどるけど、詠子はさ、怒りがなんか悪い感情だーみたいに思ってるみたいだけど、俺はそうは思わない。喜怒哀楽っていうくらい、人間に備わっててあたりまえの感情で、むしろそれを否定する方が俺はこわいよ。怒りにもいろいろ種類はあるし、出し方の種類なんてもーっとあるわけだけどさ、どんなかたちにしろ、人間には絶対怒りがあってしかるべきで、それをいけないことだって閉じこめてきたせいで、最近の人間って、怒るのが下手になってんじゃないかって、俺、思うんだけど。怒りをためこんでためこんで、そういう不自然ながまんをするから、それが爆発して、ネットに匿名で中傷コメント書きまくるとか、誰でもいいから傷つけたいっていう人間が出てくるのかもしれない。逆に、ためこんだ怒りを自分にしか向けられなくて、自殺する人間もいる。だからさ、なんていうか……怒りは悪いことだって憎んだり落ちこんだりしないで、怒りをこまめにはじけさせるような、そういう上手な怒り方を学ばないと、人間って、近いうちに破滅すると思うんだよ」

語くんの言葉を受けて、詠子の頭の中でポップコーンがぽんっとはじける。

ああ、本当だ、と詠子は思った。

怒りの火種をためこんでためこんでためきれなくなって、周囲の人を巻きこむ大爆発を起こすより、小さく小さく、まるでポップコーンをはじけさせるように日々、怒りとつき合えたら、どんなにいいだろう。そしてそのポップコーンを好きな味に味つけして、休憩時間のない、「生きる」という名前の映画の上映の間、静かに食せるエネルギーにできたら。

詠子は、頭の中のポップコーンの種が、どれひとつ鍋の底でこげつかず、すべて白くおいしくやわらかくはじけることを夢見て、気持ちを明るくした。

しかし、次の語くんの一言で、さっそく一粒こげついてしまう。

「あー、やっぱ、だからこそ、ネット端末のガラス研究、進めたいよなぁ。今の時代、怒りがたまりがちなのって、どう考えてもそこな気がするし。や、待てよ。ってことは、そもそも、もう従来のことだまりは、今、必要な言葉の力の場所じゃなくなってるのかもしれない。あのことだまりで、今も昔と同じ量の珪石が採れてるか、やっぱ関さんに聞いときゃよかったな」

「……ごめん」

「あ、や、だから、いいって。それこそ、そんなん電話とかミアカルタで聞けるし」

ミアカルタ、と、言葉屋専用SNSの名前を口にして、語くんは首をふる。

そしてふと、語くんのとなり、窓際の席に、あいかわらずずっと静かにすわっていた詩歌ちゃんを見やると、語くんはぽすっと、詩歌ちゃんの頭に手をおいた。

「それに、今日は思わぬ収穫もあったしな」

きょとんと語くんを見上げる詩歌ちゃんに、語くんは少し間をおいたあと、手を詩歌ちゃんの頭の上においたまま続ける。

「……詩歌。人間みたいにさ、『見て！』って、相手の視線を欲する生きものって、生物界じゃだいぶめずらしいらしい。野生界じゃ『見る』ってことは、イコール、獲物にロックオンすることなわけで、視線が合うってことはもう、食うか食われるかの戦いのゴングみたい

なもんだから。でも、人間には、『視線を向けてほしい』っていう欲求がある。人間は視線を、コミュニケーションにつかうことができて、視線によって、敵意以外に好意も、伝えることができるからだ。つまりさ、今の怒りの話といっしょで、自分を見てほしい、好いてほしいと思うのは、人間にとってあたりまえの欲求で、誰もが持っているものだ。ただ、その注目のさせ方とか、どのくらいの視線で満足できるかは人それぞれなわけで、その辺は見誤っちゃならないんだろうけど……。ただ」

語くんはそこで一度言葉を止めると、息を大きくすって、そして続ける。

「人間の顔は、体の表面積の中のたった2パーセントにすぎない。でも、顔には四十五くらいの数の筋肉があって、それは体全体の筋肉の7パーセントにあたる。つまり、人間の顔には、ほかの部分にくらべて、たくさんの筋肉があるんだ。顔で走るわけでも、狩りができるわけでもないのに、なんで人間の顔には、そんなに筋肉があるのか。それはきっと、表情をつくるためだ。喜怒哀楽、その他諸々、人間はコミュニケーションの生きものだから、顔でたくさんの表情をつくって、ほかの人と交流する。その表情が、歩いたり走ったり狩りをしたりする以上に、人間にとってはたぶん必要で、それからもちろん、人間には言葉もある」

語くんの言葉に、詩歌ちゃんは目を見ひらく。

詠子も、おどろいた。

語くんはもしかすると、あの時、詠子と同じように……。

しかし、その答えを詠子が想像する前に、語くんは、乱暴に話を閉じようとするかのように続けた。

「詩歌、ごめんな。これまで、ある意味俺が、詩歌の言葉を奪ってきたのかもしれない。だから、別に今すぐ無理してたくさん話せなんて言わない。でも詩歌、詩歌は人間らしい欲求がある人間で、顔も声も持ってる。俺は、詩歌の笑ってる顔がもちろん、大好きだけど、もっといろんな顔しないと、詩歌の言葉と筋肉がもったいないぞ」

そう言って、語くんが詩歌ちゃんの頭をぐしゃぐしゃと乱暴になで、手を離した時の詩歌ちゃんの表情。それは、詠子がこれまで見たことのないものだった。

おどろきと、恥じらいと、感謝と、情けなさと、疑問と。

詩歌ちゃんはそんな、さまざまな感情がまじり合った、顔の筋肉を四十六個つかったかのような、とても、とてもとても複雑な表情を、していた。

それから、三人はそれぞれ少しうとうととし、長い列車の旅を終えて、地元にもどってきた。たった一日の日帰り旅行が、とても長いタイムトラベルのように感じられ、駅についた時、詠子はとにかく疲れはて、言葉数も少なくなっていた。

しかし、駅前にて別れを告げ、それぞれの家へ向かおうとしたその時。詠子と語くんの携帯が同時にメッセージの着信を告げ、そのメッセージを見るなり、詠子の顔に少し生気がもどる。

グループトークに送られた、そのメッセージの送り主は、来夢ちゃん。

〈今日は、ほんま、ありがとう！
カタル、大好き！
エーコちゃん、大好き！
シーカ、大好きやで！〉

そのメッセージをみんなで読んで、詠子と語くんは、なにも言わずにただ視線を合わせてほほえみ、じゃあ、とそれを合図に、それぞれの家へ歩き出す。しかし、歩きはじめてすぐに、今度は詠子の服のすそを、誰かがつかんだ。

びくりと詠子がふりかえると、そこでは詩歌ちゃんが、顔を真っ赤にして、口をぱくぱくとさせている。それで詠子が、その動きに詩歌ちゃんの気持ちが追いつくのをゆっくりと待つと、やがてその声は、やわらかく、やさしく、詠子のもとに届いた。

「……詠子ちゃん。大好き」

そのあまりにかわいらしい声と内容に、詠子はおどろき、言葉を失ってしまう。すると、その少しうしろで、そのようすを見ていた語くんが、ははっと笑い、それから……。

両手をポケットにつっこんだまま、語くんはそのままの笑顔で、言った。

「俺も！　俺も詠子、大好き！」

語くんのその迷いのない声に、今度は詠子が、口をぱくぱくとさせる。

すると、語くんはまた笑って、

「言箱、やっぱ、いらなかった！」

と、そう言った。

その笑顔に、詠子の中ではポップコーンが、一粒ぽんっと、大きくはじけた。

第三章　学校六法

先生も人間なのだ、ということに、詠子が初めて気がついたのは、小学五年生の時だった。それは当時、理科の担当の先生だった、石村先生という男性の先生から、宿題のノートを返却された時のこと。いすにすわっていた先生の真横に立った詠子の視線の先には、ちょうど先生の耳の穴があり、詠子はそこに、大量の耳垢がたまっているのを見た。

先生は、いつもきちんとしていて、正しくて、少し、こわくて。

当時、詠子が石村先生に持っていたイメージを、その耳垢は一瞬にして変えて、先生も耳垢のたまる人間なのだということを、詠子はその時初めて、感覚的に知った。

ただ、その時はなんだか見てはいけないものを見てしまったような気がして、そのことは誰にも言えず、詠子もその時知った感覚について、自分の中で深く掘り下げようとは思わなかった。

ただ、中学に入ってから、そのことを頻繁に思い出すようになったのは、詠子の中学一年生の時の担任の先生、江口先生が、その石村先生に少し似ていたからなのかもしれない。がっしりとした熊のような体格で、笑顔よりむっとした表情でいることの多い江口先生は、語気も強く、厳格なイメージで、しかし、理不尽に誰かをしかることはなく、発言は、いつも筋が通っていた。

そんな江口先生の耳に、垢がたまっているのかどうか、詠子は知らない。

ただ今日、詠子がしぃちゃんとふたり、ばなちゃんの家に向かいながら、江口先生のことを思い出していたのは、ばなちゃんがゴールデンウィークが明けて以降、学校に行かないことを選択したきっかけが、江口先生にあったからだった。

「えーっと、たぶん、この角をまがって、三つ目の家、かなぁ」

しぃちゃんが難しい顔で携帯の地図を見ながらそう言うと、詠子は、あ、と声をあげる。

「ほんとだ。ありがとう、しぃちゃん。たぶん、あれだ」

そう言って詠子が指さした先には、和の要素の強い日本家屋風の、しかし現代建築の技術がすみずみまで行きわたっているような、とても豪奢な家があった。

「え？　うわ、すごっ。そか、マップが指してる家、大きすぎるからなんかおかしいなと思ったら、ただ単に本当に大きかったってか……」

「うん。私も初めて来た。ばなちゃんち、ええっと、ほら、あの……」

「うん、大丈夫。ばなっち、先輩のいとこだもんね」

しぃちゃんは、ばなちゃんの家の大きさにおどろき、一瞬止めかけていた足を改めて進めながら、何食わぬ顔で言う。

そう、実はばなちゃんは、以前、しぃちゃんが恋をしていたしぃちゃんの部活の先輩、嘉村理人先輩のいとこで、狂言師の家系である嘉村先輩のお父さんの妹に当たるばなちゃんのお母さんと結婚したばなちゃんのお父さんもまた、代々日本の伝統芸能に関連するお仕事をしているそうだった。

そのことが、ばなちゃんが脚本家を志すようになったことに影響しているのかどうか、詠子ははっきりと、ばなちゃんの口から聞いたことはない。ただ、ばなちゃんはあまり自分の家のことを好いておらず、家族ともいさかいが多いとのことで、そんなばなちゃんがこの数週間、ずっと家にいるということが、詠子には少し、心配だった。携帯で連絡をすれば、ばなちゃんからのメッセージはいつもと同じトーンで返ってはきていたけれど、だからこそ、心配だった。

ばなちゃんは、元気だろうか。

ことのはじまりは、四月がはじまってすぐのロングホームルーム。いつものように机の上に脚本を書くためのルーズリーフを広げて内職をしていたばなちゃんは、江口先生に注意をされた。今は、委員決めの話し合いに集中するようにと、もっともな注意を受けた。その際ばなちゃんは、その場で少々不服そうにしながらも作業をやめたけれど、それでクラスのみんなから注目されてしまったことが、尾を引いた。ばなちゃんは、その後そのロングホームルームにて、ばなちゃんのクラスでは人気がなかった美化委員に、投票によって決められ、それからというもの、そのことを口実に日々の掃除当番も、「あ、美化委員さん、美化委員なのでお願いしまーす」と無茶な理屈で押しつけられるようになってしまった。クラスのグループトークにも、ばなちゃんはいまだに、招待されていないらしい。

それで本日、ふたりとも部活のない水曜日の放課後に、詠子としぃちゃんは、つれ立ってばなちゃんに会いにいくことにした。事前にばなちゃんに連絡をしたところ、ばなちゃんから返信が来るまで、少し時間が空いたものの、結果的にばなちゃんは、詠子たちの訪問を受け入れてくれた。それでふたりは今、ばなちゃんから送られてきた住所をたよりに、こうしてここまでやってきたというわけだった。

そして、詠子としぃちゃんが緊張しながら、家の前に着いたことをばなちゃんにメッセージで伝え、その上でインターホンのボタンを押すかどうか迷っていると、仰々しい大きな門の奥の方でがちゃりと音がして、玄関のドアがひらかれた。そしてすぐに、猫耳のついたまっくろなパーカーをフードまでかぶった、ばなちゃんが顔を出す。

「……ご足労、感謝」

ばなちゃんは、眠そうな目でそう言うと、とことこと門まで歩いてきて、その恥じらいがねじれた言葉とともに門をあけてくれる。

しぃちゃんは笑った。

「黒っ！　てか、暑くない？　うちらもう半袖なんですけど」

詠子たちの学校では、ゴールデンウィーク明けから夏服と冬服の併用期間に入り、今はどちらを着てもいいことになっている。ただ年々、夏が早まっている今、ほとんどの生徒が夏服を選択していて、ばなちゃんのしっかりとした生地の長袖のパーカーは、確かに詠子たちの目に新鮮に映った。

「……あー、さっきまでクーラーをつけた部屋で寝てしまっていた。今、外に出てみて、自分がどれだけ環境に悪いことをしていたのかを実感し、猛省している」

「あははっ！　してして、モーセー！　ばなっちのそのしゃべり、久しぶりに聞くと、やっぱ、いいね。安心する」

「そんなこと言うのは椎名氏くらいだ。ふたりとも、それがわかっているからこそ、私がいじめを苦に思い悩んでいるだろうと推測して、来てくれたのだろう」

「……うん、そう！　どう？　思い悩んでる？」

「いや、あんまり」

ばなちゃんとしぃちゃん、ふたりの会話を聞きながら、詠子は今日、しぃちゃんといっしょに来られたことに、心底ほっとしていた。詠子だけで来ていたらおそらく、詠子はこんなふうにばなちゃんに切りこむことはできなかった。ただ、たわいもない話をしながらお茶をして、帰ってしまっていたかもしれない。それを必要とする人もいるかもしれないけれど、おそらくばなちゃんはそうではない。しぃちゃんも、そう思ったからこそ今、そのまま踏みこんでいったのだろう。

「私の部屋は二階だ。母は一階の奥にいるけれど、茶菓子が出てくるかどうかは、申しわけないがわからない。冷戦中で、しばらく口をきいていないのだよ。ただかわりに本日は、私が非常食として常々部屋にためこんでいるチョコレートコレクションをふるまおう」

「チョコ？　やった、よかったー！　アタシたちね、今、悩んだ結果、期間限定のすだち味ポテチ買ってきたんだ。これで、甘い、しょっぱいの無限ループできるね」

「……すだち味は、すっぱい気がするのは気のせいだろうか」

「あー、はっは、そーかも。あ、でもね、大丈夫。なんと詠子が、手作りの塩キャラメルを持ってきてくれているのだー！」

「……塩キャラメルは、甘いだろう」

そんな会話を進めながら、玄関を入ってすぐのところにあったゆるやかな階段をのぼり、ばなちゃんの部屋にたどりつくと、しぃちゃんは、また笑った。

「あははっ！　部屋も黒っ！　そして、たまに猫っ！　で、ホントだ、寒っ！」

しぃちゃんの言葉どおり、ばなちゃんの部屋の家具はどれも黒を基調としていて、カーテンすら暗幕のように黒かった。そして、ところどころに黒猫をモチーフにしたペン立てや小物入れがあり、家の外観からの印象とは異なり、ばなちゃんの部屋自体は洋風の趣が強い。そして、詠子たちがばなちゃんに案内されるままに、部屋のまんなかのローテーブルのそばに腰をおろすと、ばなちゃんは宣言どおり、机にそなえつけられた三つの引き出しのいちばん下の引き出しから、さまざまな種類のチョコが入った大きな袋を出してきてくれた。

そして、しぃちゃんがばなちゃんの部屋の感想をひととおり言い終え、ばなちゃんおすすめの三種類のチョコを食べて、それぞれに感動し終えると、話は、ばなちゃんの方から切り出された。

「さて。先ほどからノーリアクションのことむー。まず、言っておく。私が不登校をはじめたことに関して、ことむーはまったくの無関係であり、なにも気にやむことはない。どうせことむーのことだから、『私が同じクラスになれなかったことで、ばなちゃんが孤立して、学校に来なくなってしまった、どうしよう』などと思い悩んでいたのだろうが、クラス替えについては、どう考えても不可抗力であり、その後、私に起こった問題に関して、ことむーができることはなかった。それは誰が見ても明らかな事実で、むしろ、そんな顔をされると私がいたたまれないから、やめてほしい」

背筋をのばしたばなちゃんから、まっすぐに見つめられながらそう言われて、詠子は思わず、顔の半分を隠すように、右眉を右手で隠す。下がっていたであろう眉毛を、遅ればせながら反射的に隠そうとした。そして、

「すみません……」

と、そう言って詠子は、肩を落とす。

昔から、そうなのだ。と、詠子の気持ちはしずんだ。

発言に悩んだ時や勝手に自責の念にかられている時、詠子の顔には、悩んでいるその思いが、「こまった表情」として出てしまう。昔からのこのくせが、人によく、気まずい思いをさせてしまっていることには、詠子も気がついていた。

核心は口にせず、表情だけ。

それは時に、たとえ誤解であったとしても、相手に「自分が悪者にされている」という不快感を与えてしまう。そのことを、詠子はおじさんの苦笑や、先日の詩歌ちゃんと来夢ちゃんの会話から学んでいて、それをきっかけに最近、これまでの自分を省みて、ちょうどへこんでいたところだった。

今まで自分はどれだけ、この「無言の表情」で人に甘え、人を傷つけてきたのだろうか。

それを、無意識と呼んでいいのはおそらく無知で無力な子どもだけで、中学も最高学年を迎えた今、それはただの無神経へと進化しようとしている。

と、そんなことに思いを馳せ、詠子がまた同じ過ちをくりかえそうとしてしまったその時、詠子のとなりでしぃちゃんが、意図的かどうかわからない自然なタイミングで切り出した。

「そー。きっかけは、えぐっちーだもんなー。やー、ムズいよね。なにも最初のロングホームルームで言わんでもねぇ。しかも、委員決め中に」

あきれたようなしぃちゃんのその声に、ばなちゃんは肩をすくめる。

「まあ、あれがなくても、遅かれ早かれ、似たような事態にはなっていたろう。なにせ私だからな」

「や、誇られても」

「いや、でも本当に、いい機会だったのだよ、椎名氏、ことむー。私は以前より、多様な学び方に興味を持っていた。自分が集団生活に向かないことなど、とっくにわかっていたわけで、そろそろ学校以外のところで、自分に合った学び方を探しておかなければと思っていたところだった。無論、こういう家だ。保守的な考えの持ち主が多く、今のところ誰からも賛同は得られていないが、まあ、気長にいくよ。今後、携帯を取り上げられたり、兵糧攻めにあったりすることもあるかもしれないが、ひとまず図書館に行けば本は読める」

ひょうひょうとそう言って、ラベルのついていないペットボトルから水を飲んだばなちゃんに、しぃちゃんと詠子は顔を見合わせる。

　そして、しぃちゃんはすぐにばなちゃんに向きなおると、すなおに言った。

「そっかー。まあじゃあ、ばなっちはそれでいいのかー。でも、アタシたちは、ばなっちがいないとつまんないんだけど、それはどうすればいい？」

「……君のところの夏公演の台本なら、もうとっくに渡してあるし、別に大丈夫だろう」

「や、そういうんじゃなくて。あ、ちなみにあれ、ほんと、ありがと。ちょうどゴールデンウィーク明けから稽古はじめたんだけど、部員に大好評だよ。一部、『部長の役、ちょっとよすぎません？　ひいきじゃないですかー？』って言ってる子もいるけど、そこはアタシが努力で見返しとくから。てか、今度見にきて……って、そうだよ、ばなっち、じゃあ、放課後だけ学校来たら？　そしたら、詠子も助かるっしょ？」

　しぃちゃんが、いかにも名案といった調子で詠子をふりかえり、詠子はびくりとする。同時に、ばなちゃんの視線も詠子を向いて、詠子はあせりを一瞬でのみこんで、背筋をのばした。

「うん。それ、うれしい。せっかく新入生、入ってくれたのに、私と聡里ちゃんだけだと教えきれないし、それよりも、ばなちゃんとはずっといっしょだったから、部活の日にばなちゃんがいないと、すごく、さみしい。私が、さみしい」

詠子の言葉に、ばなちゃんは頬を赤らめて、詠子から視線をそらす。

その視線のすきまに入るように、しぃちゃんが言った。

「てか、そうだよ。ばなっち、集団生活苦手っていうけど、これまで、楽しかったでしょ？というか、タロットの部活だって、詠子が入る前に自分で選んで入ってるわけで、別に自分で言うほど、ばなっち、苦手じゃないんじゃない？　や、確かにばなっちのキャラは万人受けはしないと思うよ。でも、その受けなかった人たちのために、今まで好きだったものまで全部手放さなくてもよくない？　だから、いいじゃん、部活だけ来ようよ」

「や、ちょっと待て。さすがにそれは虫がよすぎるだろう。私は義務を放棄して、権利だけを主張するやり方は好きじゃない。好きなことだけ、やりたいだなんてそんな……。社会に出たら、好きなことだけ選んで生きるなんて、もっと難しくなる。苦手な連中とのつき合い方をどうしても学べないなら、そういう連中に有無を言わせないほど強い、自分で生きていける力を手に入れなければならないし、そのための人脈づくりはおそらく、学校外ですべきだろう」

「んあー、そっかー。アタシ、ばなっちになんか言われると、すぐ納得しちゃうんだよなー。

あ、でもさでもさ、ほら、アタシも昔、中一ん時さ、クラスにいるの結構キツくて、部活のためだけに学校に来てた時期あったじゃん？　あの時、アタシはとりあえず、一応、朝から教室にいたけど、なんかずーっと緊張しちゃって、授業もあんま頭入ってこなくて、休み時間はもちろん、ただ時間がすぎるの待ってるだけだったし、あんまさ、その、義務を果たしてる？的な感じしなかったよ。ばなっちは今、昼間、自分で自分の勉強してるんでしょ？　なら、そっちの方がよっぽど義務果たしてない？」

　しぃちゃんの、ふだんから歌っているようにはずむ声が、ずっと平坦に話をしていたばなちゃんを、ぐっとつまらせる。それをごまかすようにばなちゃんは、また目をそらすと、

「……まあ、私の場合、最近は活動は夜中で、日中は寝てるけどな」

と、ぼそりと気まずそうに論点をずらした。

　しかし、しぃちゃんは気にせずに笑う。

「ははっ、じゃあ、ちょうどいいじゃん。昼に起きて学校行って部活して、夜家帰って勉強ってことで」

　と、そこで詠子が、すっ、と、そんなふたりの間で手をあげる。ふたりの視線を受け、発言権を得たことを知ると、詠子はこほん、と喉をととのえて、話し出した。

「あの、私はあいかわらず、優柔不断で、ふたりともの話に一理あるなって思って、自分の意見、まとめられてないんだけど、ただ前にね、前に……ある人が、学校って、自分になにができて、なにができないかを学ぶための、いろいろな価値を知るための場所なのかもしれないって言ってて、なるほどなって思ったの。ばなちゃんの脚本家っていう夢には、いろいろな人の考え方とか価値観を知ることがきっと大切で、だからばなちゃんもタロット同好会に入ったわけで……。そういうものって、授業とか教科書から一瞬で学べるものじゃなくて、その空間にいることでじわじわ学んでいくものだと思うから、ばなちゃんがもしどうしても嫌じゃなければ、やっぱり学校に、部活の時だけでも来てもらえたらうれしい。ただ、私、前にね、ばなちゃんの事情とはだいぶちがうんだけど、クラスのグループトークで言われたことがきっかけで、すごく苦しんだ経験がある人の話を聞いたことがあって……」

詠子の話に、となりでしぃちゃんが、あ、と、声をあげる。

詠子は、しぃちゃんにうなずいた。

詠子が話しているその人とは、以前、中学一年生の終わりの春休みに、しぃちゃんにも捜索を手伝ってもらった「秘密あらし」で、しぃちゃんもその「秘密あらし」の事情は、ある程度知っている。

詠子は続けた。

「そのこともあって……。それから最近、また別のことでも、ネット上のコミュニケーションについて、いろいろ考えることがあって、ちょっとそのあたりのこと、調べてたの。で、その中で、その……いじめ、とかに関する記事も読んで……。ある人は、ネットのせいでいじめは、人から見えにくくなって、陰湿になって、学校が終わった夜中でも続くようになって、転校しても追いかけてくるようになった、ネットによって、世界には新しいいじめが生まれてしまったって言ってた。でも一方で、結局、ネットいじめにあっている人の9割以上が学校で、無視とか、ものを隠されるとか、言葉の暴力を受けるとかっていう、『今までのいじめ』と同じようないじめも受けているって調査結果も出てるらしくて。だから、だからね、私たちが今、無理やりばなちゃんを学校につれ出すことで、ばなちゃんがそういう嫌な思いをしたらどうしようって、正直こわい気持ちもあるの。ばなちゃんの場合、今は、特定の誰かからしつこく追われているわけじゃないのに、私たちが、まだなにも解決していない学校にばなちゃんを誘って、ばなちゃんが今よりもっと嫌な思いをしたらと思うと、こわい。ばなちゃんが放課後だけ学校に来てるって、クラスの人が知ったら、それをネタに誰かがまたばなちゃんに、なにか言うかもしれない。私たちが誘ったことが、そういうことの起爆剤になっちゃったらと思うと、こわい。……ごめんね、しぃちゃん、水差して。でも、これは、ちゃんと考えておかなきゃって、思ったの」

正座をした両膝の上で両こぶしをぎゅっとにぎって、武士のように肩を落とした詠子に、しぃちゃんは首をふる。しぃちゃんは、詠子の話の後半、ふと思いついたように自分のかばんからなにかを取り出し、ぱらぱらとめくっていて、いつもなら詠子の話をじっと聞いていそうなしぃちゃんのその意外な行動の意図を読みかねて、詠子は話をしながら、どきどきしていたのだ。そして今、そのしぃちゃんの手を改めて見てみると、しぃちゃんがめくっていたのは、なんと、詠子たちの学校の生徒手帳だった。

「あ、ごめん、詠子、話の途中で。なんか急に気になっちゃって。さっきはさ、きっかけはえぐっちーとか言っちゃったけど、よく考えたら、ってか、どう考えても、そういうくだらないことするやつらがダメじゃん。ダメダメじゃん。なんでヒガイをコームッテル側のうちらがこんな悩んでばっかなんだー、向こうが罰せられりゃーいーじゃん、そういう校則ないのかーって思って、ちょっと探してみちゃった。てかさ、いじめってそもそも犯罪って話なかった？　もう警察行く？」

だいぶ本気のようすで眉を寄せたしぃちゃんに、ばなちゃんが首をふる。

「いや……。確かに、いじめの中には恐喝や窃盗、暴力、名誉毀損のように、刑法にふれるものがふくまれていて、それは確かに犯罪だ。二〇一三年に施行された『いじめ防止対策推進法』という法律においても、インターネットを通じたものをふくめ、『いじめは行ってはならない』とあり、現在、確かにいじめは、法律でも明確に禁じられている。ただ今回のような、仲間はずれや無視といった行為は非常に立証しづらく、すぐに警察を頼ることは難しい。民事裁判で争うことはできるものの、そのためには、そういう状況を録音、録画、スクショする、日記に残しておくなど、証拠として記録しておくことが重要になってくる。そのような行為はもちろん、勝手に全世界に公開するなどのように悪用をしないかぎりは、盗撮などの犯罪には当たらず、自衛の手段として大いに推奨されており、私もまあ、裁判を起こすつもりは今のところないが、いつか話のネタにつかえるかもしれないと思い、ちょこちょこと証拠を撮りためてはいる」

「あ、そうなの？　じゃあいーじゃん、裁判！　てか、ごめん、でも、ミン、ジ……ってなんだっけ？　あー、もうそういうことをさ、授業で教えてほしいよね！」

「まあ、常識ってことなんじゃないか、六法くらい」

「マジか。てか、じゃあジョーシキならさ、もうちょいわかりやすい法律にして、学校の掲示板とかに貼っておいてほしくない？　だし、ばなっちならともかく、実際はさ、いじめられてメンタルへこんでる状態で、そこまでやる元気出すって、ケッコーなハードルだよね。法律のこととか、フツーそこまで知らないし、先生にも親にも言えない状態の子だったら、どうすんのって話だし。そうだよ、だから、そういうのをさ、ムズカシー法律とかの前に、校則で決めといてほしくない？　いじめって、多かれ少なかれ、どこの学校でもあるんだからさ、いじめた方がダメ！とか、いじめられたら、こうすればいい！とか、ちゃんと書いとくべきじゃん！」

「まあ、ケースバイケースな部分が多いから、明文化や一般化が難しいのだろう。ああ、でも、いいな、そういう方向でまたひとつ話が書けそうな気がしてき……」

「あ！」

　しいちゃんの話から、自分の世界に入りかけていたばなちゃんを、詠子の大声がこちらの世界に引きもどす。詠子のめずらしい大声に、なにごとかと詠子を見つめたばなちゃんとしいちゃんに、詠子は少し顔を赤らめつつも、続けた。

「ごめん、でも、思い出したの。なんかずっと、今回のことに江口先生が関わっていることに違和感があるなーって思ってたんだけど、その理由、思い出した。あのね、うちの学校って、結構、校則ゆるいでしょう？　それって、実は江口先生がきっかけなんだって。

そう、前にミャオ先輩から聞いたことがあるの」

詠子の声に、ああ、とばなちゃんも思い出したように、うなずく。

しぃちゃんが、じれったそうに先をうながした。

「え、なになに？」

「ミャオ先輩って、ほら、制服アレンジするの大好きだったし、髪形も爪もなにかと派手で、何回か生活指導の先生に呼ばれたことがあったらしいんだけど、髪を染めることとか、ネイルをすることが頭皮とか爪の健康にどう影響するかについて話はされても、制服のアレンジをすること自体にはなにも言われなかったんだって。そこは個性をのばす、のびしろだからって」

「確かにうちの学校、制服の上とか下に、なに着てもいいし、かばんも自由だし、そういうところはゆるいよね。てか、髪染めはやっぱり、言われてたんだ。や、アタシも実は、中学入る時、ちょっと心配だったんだよね。ほら、アタシ、髪、ちょっと茶色いじゃん？　中学入ったら先生に、『染めてるんだろー、黒染めしろー』とか言われんのかなと思ってたから」

そう言ってしぃちゃんは、自らの色素のうすい前髪をつまんで、毛先を見やる。小学校の時から少し、色が濃くなったように見えるその色はしかし、確かにまだほかの人にくらべると明るかった。

詠子は、うなずく。

「うん、実はそれに関係があるみたい。昔……って言っても、たぶん七、八年くらい前に、生まれつき髪がかなり明るい色の先輩がいて、その先輩いつも先生たちに、風紀が乱れるから黒染めするようにって言われてたんだって。で、最初はその先輩もとりあえず、自分で家で黒染めしてみたらしいんだけど、その染める薬がどうしても肌に合わなくて頭皮がすごく荒れちゃって、大変なことになったらしくて。それを先生に言ったら、美容院できちんとした薬剤をつかえばいいって言われたらしいんだけど……」

詠子の話に、しぃちゃんが顔をしかめる。

「え、髪なんて毎日のびんじゃん。そんなん、すぐ逆プリンになっちゃうって」

詠子はうなずく。

「うん。かと言って、毎月美容院で染めなおしてたら……」

「うーわ、無理無理、何万円かかんの、それ。ひどくない？」

いきどおったしぃちゃんに、詠子はもう一度うなずくと、さらに情報をつけ加える。

「ちなみにこの間、瑠璃羽ちゃんに教えてもらったんだけど、ある調査だと、生まれつき髪が、いわゆる『黒髪ストレート』な人って、日本に6割くらいしかいないみたい。生まれつき茶髪な人も、くせ毛の人も、たくさんいるんだよね」

詠子としぃちゃんと小学校がいっしょの片岡瑠璃羽ちゃんは、おしゃれに、特に最近は髪のおしゃれについてくわしい。そんな瑠璃羽ちゃんと、先日なんの気なしに交わした雑談が今、頭の中で有効につながって、詠子は少し、うれしくなった。

そこで、詠子の話から同じミャオ先輩の話を思い出していたらしいばなちゃんも、うなずく。

「生まれつきの身体的特徴を理由に、多額の費用負担を生徒に強要する。これぞ、まさにいわゆるブラック校則というやつだな。最近、実はそういう理不尽な校則が増えているらしい。昔の、根性論に基づく『体育中は水飲み禁止』のような、明らかに健康に害をきたすものはさすがに減ってきているらしいが、特に服装に関する細やかな規定は、逆に増加傾向にあると聞く」

「へー、たとえば？」

しぃちゃんの純粋な好奇心に、詠子とばなちゃんは次々に、思い出したものを口にしていく。

「髪色関係だとほかに、髪が茶色くなるから、家でもドライヤーはダメ、とか」

「寒くても、タイツやマフラーは禁止というのも聞いたな。男子生徒はスラックスの下にももひきのようなものをはいていてもバレにくく、そしてもちろん、教師は着用しているが、女子だけ頑なにタイツを禁止されている学校があるらしい。タイツはおしゃれにつながるから、と。とんだ男女差別だ」

「逆に真夏の日差しが強い日でも、日焼け止めは禁止っていう学校もあるみたい」

「どんなに乾燥していても、リップクリーム禁止というのも、あったな」

詠子たちがリズムよくくり出す例を聞くたびに、しぃちゃんの顔がゆがんでいく。

そして最後に詠子が、

「あと、下着の色が決められていて、ちゃんと守ってるかどうか、定期的に先生に制服の中のぞかれる検査がある学校もあるっていうのも聞いたことある……」

と言うと、しぃちゃんはためこんでいた気持ちをすべて爆発させるように、大きな声を出した。

「うそでしょ！」

しぃちゃんのその、思った以上の大声に、詠子は一瞬びくりとする。

しかしばなちゃんは動じずに、先を続けた。

「とにかくおしゃれにつながることは、盗難やいじめの問題を生み、勉学のさまたげになるからという理由で、一切禁止にしたがる学校が多いと聞く。ただそれは、そうした問題が生まれた際、すべて個別にじゅうぶんに対応することが難しいゆえに、はじめから禁止する、という論理なわけで、つまり最近の校則は、生徒が健全で幸福な学校生活を送るため、というよりも、教師や保護者側が生徒を管理しやすくするためのものになってきていると言えるだろう。どれももともとは、生徒を守るためのものだったが、今や本義を見失い、ルールを守ることが目的化されすぎて、本末転倒となったわけだ」

しぶい顔をしているしぃちゃんに、ばなちゃんはさらに追いうちをかける。

「加えてここに、各部活動が伝統という名のもとにまとめた部則というものが加わることもあり、その部則には、主に先輩や指導教諭に対する不必要なほどの『礼儀』の強要など、理不尽なものがふくまれていることが多いと聞く。そこで多少の理不尽さを学ぶことも将

来、人間関係を円滑に築くために必要だ、という意見もあるというが、私からすれば、理不尽をがまんすることが美化された社会など、ちゃんちゃらおかしい。理不尽な校則や部則によるストレスは、すなわち脳への暴力であり、そのトラウマによって一生苦しんで生きなければならない人間が少なからずいるということを、各組織はもっと理解すべきだ」

ばなちゃんの言葉に、しぃちゃんは一瞬、不安そうな顔になる。

おそらく自分が部長として、無意識にでも、部員たちになにかいやなことを強いていないかどうか、不安になったのだろう。

しかし、そんな心配をすることさえできないほど少人数の、アットホーム部活に所属している詠子とばなちゃんは、そこには引っかからずに、そのまま続けていく。

「と、話がだいぶずれてしまったが、今言ったような意味の見えにくい校則たちが、少し前までは我々の通うこの中学にも根を張っていたという」

ばなちゃんの言葉に、詠子はうなずく。

「そう。そうなの。そのさっき言ってた黒染めさせられた先輩も、そのあと、何回か先生にかけあったんだけど、何度言っても、校則に『明るい髪色は禁止』って書いてあるからってつっぱねられちゃって、そのやりとりの中で学校にもどんどんいづらくなっていっちゃって、結局、学校に来られなくなっちゃったんだって。しかも、ストレスで肌にひどいじんましんが出ちゃって、全体的に体がぼろぼろになって……」

　しずんでいく詠子の声調に同調するように、ばなちゃんが顔をしかめる。

「ひどい話だ」

「うん……。でもね、そこで意外にも……って言うのも失礼だけど、立ち上がったのが、あの江口先生だったらしいの」

と、そこで再び登場した江口先生の名前に、しぃちゃんが意外そうに首をかしげる。

「えぐっちー？」

　詠子は、うなずいた。

「うん。『校則に、ただ書いてある』っていう理由だけで、生徒を追いつめ、生徒の学ぶ権利を奪い、健康を害することが学校の役割だとは思えないって、職員室で発言したらしくて。当時、先生は直接、その髪の茶色い先輩のことは教えてなくて、先輩が学校に来られなくなって初めて、その先輩のことを知って、先輩に黒染めをさせていた先生たちを、すごく怒ったらしいの。それには当時の先生たちもびっくりしたらしくて……。江口先生、昔から厳しくて有名だったから、絶対校則を守る方に賛成するだろうって先生たちも思ってたのに、その江口先生が今のしぃちゃんみたいに、おかしいって言ったから、みんなびっくりして、なにも言えなくなっちゃったみたいで」

目をまるくしているしぃちゃんを前に、ばなちゃんが詠子の話を引きつぐ。

「当時、江口氏は齢も四十半ばを超えたころ。いまだ年功序列の傾向が強いこの社会において発言力はそこそこ強く、論理も通っていたぶん、多少の圧力は受けながらも、校則の見直し改革を進め、今の校則へと変えていった。ケースバイケースというマジックワードによって、校則自体をほとんどなくし、生徒たちが自分で考えられるのりしろを多くしたのだという」

詠子はばなちゃんの話にうなずくと、しぃちゃんがいまだ手に持ったままだった生徒手帳を見つめながら、つけ加える。

「もちろん、社会で法律を守って生活できるようになるために、規則に沿って行動する練習はしておくべきだからって、基本的な校則は残ったし、制服も、やっぱりないとないでこまる人もいるから、残った。制服って、なにかと問題になりがちだけど、制服そのものは、動きやすさとか強度とか通気性とか、そういう学校で生活するのにぴったりなデザインを、プロの人が考えた特注品なわけで、そこにはやっぱり価値があるってことになったみたい」

詠子の言葉に、しぃちゃんは大きくうなずく。

「確かに。この制服なかったら、アタシ、今でもスカートはけてなかったかもしんない……。って、まあ、それはアタシの個人的すぎる話だけど、でも、そっかー、そのへん、さじ加減、ムズカシーよね。なんでもかんでも制服って言われて、ひとそろいそろえさせられちゃうと、それだけで結構お金かかるし、シャツとかコートとかかばんとか、そのへんは選ばせてもらいたいけど、でも、あんまやると、それこそ、そこに貧富の差、ムッチャ出るしね……」

小学校の時のことを思い出したのか、そこでしぃちゃんの目線が少し遠くなる。

しかし、すぐにその目は現代にもどってきて、いそがしくくるくると表情を変えた。

「でも、かと言って、ずーっとカチッとして、決まった制服着ろーって言われ続けて、いざ大学生とか大人になってから、急に、さあオシャレしろ、メイクしろ、しないと失礼だー、マナー違反だーとか言われんのもキッツイよね。……って、この間、いとこのお姉ちゃんが言ってた！　じゃあ、せめて高校卒業前にでもオシャレ講座とかメイク講座、受けさせといてよって」

しぃちゃんの話に、詠子はなるほど、とうなずく。いくらテレビやネットで、おしゃれな人や服を見たところで、すてきだなと思うものと自分に似合うものが、必ずしも一致するとはかぎらない。言葉屋の修行の中で、ことさら色に関して敏感になってきている詠子は、最近、パーソナルカラーや人の気持ちを勇気づける色づかいなどにも興味を持っていて、そういうことを、学校で習えたら楽しく、そして、実際に生活の役に立つのではないかと、考えていたところだったのだ。

　と、また思考を旅に出してしまった詠子のかわりに、ばなちゃんが話をまとめてくれる。

「まあ、とはいえ結局のところ、ミャオ先輩の場合、服装以外のところも多分に自由だったため、江口氏にも頻繁に注意されていたそうだが、その例の『江口の乱』について聞きおよんでいたため、ミャオ先輩も江口氏には敬意をはらっていたらしい」

　と、ようやくミャオ先輩から受けついだ話のだいたいのあらましを話し終えた詠子たちに、しぃちゃんは、はあ、っと感心したようなため息をつく。

「なるほどねー。そっかー……。てか、なんだ。ってことは、校則って、変えようと思えば変えられるんじゃん」

　しぃちゃんの拍子ぬけしているような声に、ばなちゃんは、当然と言わんばかりのいきおいで、すかさずうなずく。

「それはそうだ。そもそも規則は、社会を円滑にまわすために、人間が勝手に考えて勝手につくり、勝手に守っているもので、時代が変われば、社会に必要な潤滑油も変わってくる。それもわからずに、規則を遵守すること自体に執着し、それどころか規則を権力に変え、さらにそれを暴力に変えてふりかざすなど、言語道断。そもそも、そんな理不尽な暴力でしめつけられるからこそ、学校という小さな社会にストレスがたまり、いじめなどというくだらないことにそのはけ口が向かうんだ。がまんをおぼえることが教育？　極暑と極寒にたえるより、心地よい空間で勉学にはげんだ方が、よっぽど知識が身につく」

演説スイッチが入ってしまったのか、ばなちゃんの語調がどんどんと強く、熱くなっていく。

しぃちゃんは笑った。

「ごめん、いつもながら、ばなっちがなに言ってるのか、途中で見失っちゃった。でも、そう、そうだよ！　いじめ！　そういうのはダメですっていう校則にしようって、話だったんじゃん。……ってまあ、いじめに関しては、そうカンタンにはいかないだろうってことくらいは、アタシにも想像できるけど、でもさ、『部活だけ登校オッケー』くらいは校則に書いといてもらってもよくない？　そしたら、詠子がさっき心配してたことも、ちょっとは大丈夫になるかもしんないし。校則変えるのは大変でも、書き加えるくらいなら、すぐできそうじゃん」

しかし、やる気に満ちて前のめりになっているしぃちゃんに、ばなちゃんは、ふうっと息をつく。

「そううまくいけばいいのだがな。昨今のニュースを見るかぎり、教師の労働環境は決して芳しい状態ではない。先ほど話した江口氏の乱の際、校則遵守側に立った教師がどの程度、今もこの学校に残っているのかしれないが、この学校に、『教師の人数不足』のうわさが絶えないのは、そのことが尾を引いているからなのかもしれない。そんな中、彼らに今、校則にふれる気概と時間があるのかどうか……。もしかすると、その江口氏の乱のようないざこざをくりかえさないために我らの中学は、争点となるような校則を少なくして、ケースバイケースという魔法の言葉を生み出したのかもしれないしな」

ばなちゃんの話に、詠子は以前、おじさんが、おじさんの知り合いで教師をしている人が、過労でたおれてしまったと言っていたことを思い出す。なんでもここ数十年で、日本で働く教師の労働時間は大幅に増加し、睡眠時間はとても少なくなっているらしい。最近、ニュースなどで目立つようになってきている教師の問題行動の中には、この過酷な労働環境が引き起こしたストレスが原因になっているものもあるのかもしれず、すべてがすべてそうでないにしろ、学校で起こる問題の多くは結局、個人でなく、社会の問題なのかもしれなかった。

と、詠子がまた、そう、考えこんでいた時だった。

「あ」

と、いう声を合図に、ばなちゃんとしぃちゃんの目が同時に詠子を向いて、そこで初めて詠子は、その「あ」という音が、自分の口から出たものであったことに気づく。それで詠子は、

「なんだ、今度はどうした」

と、問いかけてくれたばなちゃんに、少し赤らんだ顔で返事をした。

「あ、ううん、ごめん。ただ、今の話聞いてて、ふと、そういう部活があればいいのになって思って。なんていうか、弁護士部っていうか、先生と生徒の間に公平に立って、そういうケースバイケースの事件を、校則を参考にしながら、裁いていけるような部活。そういうのがあったら、学校で起きるいろいろな問題も、先生たちの負担だけにならずに、解決できるのかもなって思って……。ほら、六法にも、刑法とか民法っていう法律のほかに、

えーっと、刑事訴訟法とか、民事訴訟法があるじゃない？　無実の人がまちがって罰を受けないように、犯罪をどうやって捜査するのか、裁判をどうやって進めるのか、そういう方法とか手続きをこまかく決めてある法律……。そういうものが、校則にもあったら、いいのかもしれない。問題が起こったから、校則を変えましょうってすぐにするんじゃなくて、なにがどう問題なのか、校則は、あくまでそれを考えるための道具にして、一部の先生と生徒だけじゃなくて、みんなが見えるところで話し合えるような場所と制度をつくれたら……」

と、自分の思考を追うので必死になっていた詠子はそこで、しぃちゃんの眉尻が不安そうに下がっていることに気づく。それで、詠子の声量が尻つぼみになると、しぃちゃんは遠慮がちに言った。

「えーっと、詠子、それって……ほぼ、生徒会じゃない？」

それを受けて詠子は、ここに来て三回目の、

「あ」

の音を口に出す。さまざまな気づきの色を受けてくれるその単純な一音が、今回は話を広げずに、詠子のうちに逃げこんだ。詠子は、もともと赤らんでいた顔を、さらに真っ赤に

六法全書
憲法
民法
商法
刑法
民事訴訟法
刑事訴訟法
生徒手帳
校則

してうつむく。

「ほ、ほんとだね、ごめん、なんか、すごいこと発見したみたいな言い方しちゃった……」

すると、すかさず、しぃちゃんは首をふる。

「いや、むしろ、アタシがごめん。言っておきながら、でも、そういうの必要だなって思った。そのえぐっちーの乱があったせいかわかんないけど、うちの学校の生徒会って、元気ないもんね。高校の推薦ねらってる人がなるーって感じだから、あんまり先生と波風立てたくないって感じだし……」

そう言って、しぃちゃんがどうしたものかと首をひねると、ばなちゃんがうなずく。

「そう、ことむーの言うとおりだ。弁護士部なのか生徒会なのか、名前はこの際、関係ない。我が校のように、校則がケースバイケースで対応可能になってきていること自体は、人種やジェンダーなど、さまざまな個性が自由になりはじめた現代において、とても偉大なる一歩だと私も思うが、それに付随する問題は多く、その問題をすべて受け入れられるだけの土台が整っている学校は、そうそうない。ことむーの言うとおり、校則の是非をふくめ学校で起きるさまざまな問題について、生徒がよりフラットに語ることができる場の創出は非常に重要であり、ただ同時に、教師の増員や職場環境の改善がともなわれてこそ、ブラック校則のような理不尽なルールがまかりとおってしまう社会は、ようやく健全性を手に入れられるだろう」

と、しぃちゃんとばなちゃん、ふたりからの思わぬ賛同を得て、赤くなってうつむいていた詠子は、やっと少し気持ちが落ちつき、顔をあげる。すると、そんな詠子の復活を目にして多少遠慮したのか、めずらしくばなちゃんが少し、言いづらそうにしながらも、これは言っておかなければといったようすで続けた。

「ただちなみに、いじめに関してだけ言えば、先ほどちらりと話に出した『いじめ防止対策推進法』はまさに、その六法における訴訟法のような、手続法の役割を担おうとしているものであるといえる。いじめが発生した場合、どのように対処、伝達、調査を行うべきかが記されていて、学校や保護者には、その手順に従い、必要に応じて警察やその他の組織と連携して対応する責任と義務がある。そもそもいじめが深刻化しやすいことの要因には、学校側の、いじめを見て見ぬふり、隠蔽しがちであるという体質も大きくかかわっているわけで、いじめが起こった際、それをその学校という小さな一社会の中で終結させようとするのではなく、その問題を外の空気に触れさせることこそが、その学校という社会にたまったストレスを緩和する、言わば空気の入れ替えにつながるのかもしれない。学校で起こった問題は、その学校の中ですべて解決しなければならないという法は、それこそ、ない。幸い、インターネットが発達した今は、いじめにかかわらず、我々が対面するさまざまな問題において、『十代』、『相談窓口』などと検索をすれば、相談先のポータルサイトに行きつくことができるわけで……。そうだ、だからこそ私は今、そういう意味でも一度、学校の外を見てみる必要があるのかもしれない……」

と、ばなちゃんはそこで、納得の手がかりを見つけたかのように、ふっと急に言葉を閉ざす。するとばなちゃんの部屋は、その部屋の黒という黒に、すべての音がすいこまれてしまったかのように、しん、と静まりかえった。

これまでとめどなく続いていた詠子たちの会話が、ここに来てふと、吹きだまる。

詠子としぃちゃんは、ばなちゃんからあふれ出たそのあまりの情報量の多さと深さに圧倒され、ふたり顔を見合わせることもできずにただ、その重みをそれぞれの背中で受け止めた。

しかしやがて、この部屋の静けさにいちばん慣れているであろうばなちゃんが、ふっ、とその緊張感をくずすように笑う。顔をあげたばなちゃんは、どこかすっきりとした表情で、口をひらいた。

「……ありがとう、ことむー、椎名氏。今日、君たちふたりがこうして来てくれて、私は本当に助かった。昨今、学校に関するさまざまな非道な事件を耳にする中、私はこれまで、じゅうぶんに幸せな学校生活を送ってこられたのだということを、今日は再認識できた。ことむーには部活動の面で迷惑をかけはするが、やっぱり私はこのまま、今しばし、学校以外で学ぶ生き方について、考えてみたい」

その言葉に、詠子としぃちゃんの表情はどうしても、くもってしまう。

残念さと不安が、霧のように顔の上をただよってしまった。

そんなふたりをはげますように、ばなちゃんは笑う。

「そんな顔をしないでほしい。少なくとも、よい友人に出会える、という学校のメリットを、私はもうこの中学でじゅうぶんに享受できたと自負している。皮肉なことに、『これ』によって、君たちはこれからも、私とずっとつながっていてくれるのだろう？」

そう言ってばなちゃんは、黒いローテーブルの上におかれていた携帯端末を、はにかんだ顔で持ち上げる。

それを受けてしぃちゃんと詠子は、それまで浮かんでいた表情を、さっと顔の奥にしまいこみ、強く、強くうなずいた。

それではなちゃんは、安心したように息をつく。

そして、同時に生まれたらしい照れをごまかすように、ふたりから視線をそらしながら、早口に言った。

「ま、まあ、学校が提供している、いわゆる教科の勉強を学べる権利を放棄することは、残念と言えば残念だ。問題は多々あれど、あれはあれで、なかなか要領よく多くの知識を学べるよいシステムで、学校の強いメリットだった。まあただそれも、今後、どうにか方法を模索すれば、どうとでもなるだろう」

そして、そのごまかしからはじまりながらも不安げに加速したはなちゃんの声を受けて、詠子の口から、声が落ちる。

「あ！」

それは、この一連の話の中で四度目の詠子の気づきの「あ」で、今度こそその気づきが、話を外に広げていきますようにと、詠子はその時、強く願った。

「おまえは、馬鹿か。馬鹿なのか」

次の日の放課後。

帰りのホームルームが終わるなり、しぃちゃんとつれだって、詠子がやってきたのはばなちゃんのクラスで、当然、そこにばなちゃんの姿はなかったけれど、詠子の目的は別の人だった。教室の前の方の席で帰り支度を進めていたその人を見つけて、詠子はその人がこちらに気づいてくれるのを待つ。声をかけようかと思ったものの、まわりにいたふたりの友だちと話が盛り上がっているようだったので、待つことにした。

が、そんな詠子の決断もむなしく、詠子の上から声が飛ぶ。

「ばんちゃーん。ちょっとお願いがー!」

しぃちゃんが、わりとすぐそこにいたその人に向かってそう大声で呼びかけると、その人はびくっとするなり、赤くなったような青くなったような紫とも言えない絶妙な顔色で、すっ飛んできた。

そして、廊下に出るなり小さな声で、「馬鹿」と、しぃちゃんを罵倒したのだった。

そんな彼、井上磐理くんに、しぃちゃんは不服そうに口をとがらせる。

「呼んだだけじゃん。ばんちゃん、ジイシキカジョーなんだって」

「なんと言われようが、嫌なものは嫌だ。俺は、他クラスの女子ふたりに呼び出されるようなキャラクターに、自分をブランディングしたくないんだよ」

それで詠子は、互いに不満げな顔をしているふたりの間に、あわてて入る。

「ごめん、井上くん、突然。ちょっと用があったんだけど、井上くん、前に携帯の通話はもうしないって言ってたし、メッセージで送るには、ちょっと込み入った話だったから……」

「あいかわらず、おまえはおまえで、空気の読みちがいがめんどいな。いいんだよ、通話で。こういうのされるの、俺が嫌がることくらい、わかんだろ。ほら、なんだ。早く要件を言え、要件を」

早口に文句をまくしたてながらも、一応は話を聞く姿勢をとってくれる井上くんに感謝しつつ、詠子は要件を伝える。

要件とは、つまり、こうだった。

去年、詠子と同じクラスであった井上くんは、いわゆる教科の勉強が得意で、去年からテスト前になると、勉強会をひらいてくれている。訳あって、メビウスの会と呼ばれているその勉強会は、最初こそ同じクラスの人向けだったものの、その後、なんとなく人が人を呼び、去年度も最後の方はクラスを超えて、なんとなくメンバーが固定されたため、そのうち、勉強会に興味がない人を巻きこまないためにと、クラスのグループトークとは別に、その人たちだけで連絡が取り合えるグループトークができ、中学三年生になってからも、先日の中間テストの前に、勉強会はそのメンバーで続けられていた。一種の部活動のようになったそれは、今では井上くんだけが中心となった勉強会ではなくなってはいたけれど、中学一年生の時からずっと、そして今年度ももちろん、学級委員の座を守り続け、去年の後半からは生徒会にも所属している井上くんは仕切り上手で、井上くんがメビウスの会のリーダーであることは、なんとなく、みんなの暗黙の了解のものとなっている。それで詠子は、そのグループに、ばなちゃんを招待してもいいかどうか、井上くんに尋ねにきた、というわけだった。

そのことについて、ばなちゃんにはもちろん、事前に了承を得ている。これまでは、和気あいあいと、みなで勉強することにあまり興味がないと言って、勉強会に参加してこなかったばなちゃんだったが、まだこの先どうしていくか決めかねている中で、今、学校の勉強と少しでもつながっていられる窓口があるということは、ありがたいらしい。ただ、部活動といっしょで、その勉強会自体に参加することは、今後、きちんと自分の進退を決めるまではない、とも、ばなちゃんは言っていた。自ら勉強の権利を放棄したにもかかわらず、効率よくほかの生徒の成果を奪っていくことは、ばなちゃんの信念には反するらしい。

ただ、それでもいいのではないかと、詠子は思っていた。

詠子はただ、部活以外にも、ばなちゃんがいられる場所をつくっておきたかっただけだった。今、メビウスの会のグループメンバーには、登録はしているものの、さまざまな理由で勉強会に参加していない人が多い。一方で、今のこの一学期の時期には、新メンバーも次々に追加されており、ばなちゃんの名前をその流れの中に、あまり目立たずに入れこむことは、そう難しいことではなかった。だからこそ詠子は今、このタイミングでこの会を、ばなちゃんが居場所として選べる場所のひとつにしておきたかった。

それはただの、詠子のわがままなのかもしれない。

学校以外の場所を探しはじめたばなちゃんにとってそれは、下手をすると鎖になりかねない。参加をすすめたこと自体、学校で暮らすことに居心地のよさを感じている詠子からの、暴力なのかもしれなかった。それでも、これまでの中学生活の間、ずっとばなちゃんといっしょにいた詠子は、ばなちゃんが場所というものを、物理的なものや、システムの

中に見いだせず、人の中に見いだす人であることを知っていて、だからこそ、なんの教室も持たない、一種、バーチャルな存在である「メビウスの会」の中に、ばなちゃんの名前をつなげておきたかった。

そんな話を、詠子たちから断片的に聞いた井上くんは、ばなちゃんと同じクラスで、ある程度事情を把握しているぶん、もちろん、この話に、よろこんではいなかった。俺をめんどうに巻きこむな、と、話を聞いている間、顔中で詠子に訴えていた。

しかし、詠子の話の中に、思うところがあったのだろう。

結局は、

「……別に、俺の許可とかいらんし。なんなら、あれはおまえの会みたいなもんだろ。勝手にすりゃいいんだ、勝手に」

と、ぶっきらぼうにそう言った。

そして、げっそりした顔で教室へもどっていった井上くんを見送り、詠子たちも、とりあえず、ほっとした気持ちで帰路につく。

帰路につこうとした、その時だった。

「古都村、椎名」

と、今度はあらぬ方向から、詠子たちの方が呼び出された。

ふりかえるとそこには、帰りのホームルームを終え、掃除当番の見守りのために教室にとどまっていたらしい、このクラスの担任の江口先生がいた。

江口先生は、一度、ちらりと教室内の生徒のようすをうかがうと、声を落として続ける。

「……昨日、橘の家に行ったらしいな」

その言葉に、詠子としぃちゃんは、顔を見合わせる。

なぜ、知っているのだろうと、すなおに疑問の心を目に浮かべているしぃちゃんに、詠子はあとで、昨日、ばなちゃんのおうちを出る際に、家の奥の方から視線を感じたことを伝えるべきかどうか悩んだ。

あれは、きっと、ばなちゃんのお母さんの目。

詠子たちが帰ったあと、ばなちゃんのお母さんは、学校に電話したのかもしれない。

ふたり組の女子生徒が訪ねてきたのですが、あのふたりはどんな生徒ですか。

茶髪の派手な生徒と、黒髪のみつあみの……。いじめの首謀者ではないでしょうか。

もしかしたら、そんな会話が、あったのかもしれない。

そんな想像を、しぃちゃんに話せば、しぃちゃんは、

「なにそれ、そんなん、ばなっち本人に聞きゃーいいじゃん。てか、じゃあやっぱ、昨日、ばなっち母に、ちゃんとアイサツしとけばよかった！」

と、天を仰いで嘆くだろう。

ただ、ばなちゃんがお母さんとのコミュニケーションに手を焼いていることを、ずっと前から知っていた詠子としては、ことがそうかんたんにはいかないのであろうことも察していた。中一の時からクラスも部活もいっしょの詠子の顔と名前もおぼえてもらえていないこと自体が、ふたりが長年、関係をこじらせていることの証拠なのかもしれない。

と、詠子がばなちゃんとお母さんの関係性に思いを馳せ、しぃちゃんが、顔に浮かんだままであった疑問を、江口先生にぶつけようとしたその時、江口先生は感情の読み取りにくい、とても低い声で、ぽつりと言った。

「まちがえたんだ」

その、あまりに覇気のないようすに、詠子たちはとまどう。すると江口先生は、そのまま続けて言った。

「孤立しやすそうな橘も、委員になれば、いやでもクラスと接点ができて、クラスに馴染めると思った。裏方にまわりがちのあいつの得意分野をクラスのやつらが知れば、会話のきっかけになると思った。が、全部裏目に出た。俺は、まちがえた」

江口先生のその眠そうなぶあついまぶたの奥に光はなく、背中はなにか大きなものを背負っているかのように重そうだった。そして、あまりに急な独白に、詠子としぃちゃんが返す言葉に迷っていると、江口先生は、背骨に息を吹きこむように、ふっ、と強く息をはく。

「すまん。おまえらにする話じゃないな」

そうして、先生はそのまま教室へ入っていこうとする。

ただそれを、ひとつの明るい声が引き止めた。

「センセ！　あ、あーっと、えーっと、アタシら、わりと場所、どこでも大丈夫っぽいので、えーっと、だから、稽古終わったら、センセーも、舞台見にきて……っていうか、よかったら、出てください！」

それは、しぃちゃんにとって、とても、とてもめずらしい言葉の選び方だった。

直前に、井上くんを呼び出すことに失敗していたことが、そうさせていたのかもしれない。しぃちゃんは自分の、どうしても大きくなってしまいがちの声の中に、なるべくばなちゃんの存在を出さないように心がけ、せいいっぱいの暗号のような言葉を、江口先生に伝えた。

そんなしぃちゃんを江口先生は、ぽかんとした表情で見ていたけれど、すぐに見ひらいていた目を元の大きさにもどすと、今度は肩から力をぬくように、ふっと笑って、

「そりゃあ、俺もせいぜい励まにゃならんな」

と、詠子たちに背を向けた。

そして、先ほどと同じ、ぼそりとした声でつけ加える。

「……すまんな、助かるよ」

そして、その言葉をしっかりと受け取った詠子としぃちゃんは、不自然にならないように気をつけながら、「はーい」と返事をして、そのままその場をあとにする。

その去り際。

詠子がほんの一瞬ふりかえると、江口先生の白髪の目立つその大きな後ろ姿は、ゆっくり、ゆっくりと、教室の奥へ消えていっていた。

第四章　飛行機が飛ばない日

「あ、詠子ちゃんだ。久しぶりー」

その日、詠子が学校帰りにうつむいたまま、おばあちゃんのお店のドアをあけると、お店の中から、そんなのどかな声が飛んできた。

顔をあげて、視界に入った人物に、詠子は目を見ひらく。

「えっ、あ、翔太さん！　わ、お久しぶりです、すごく」

おばあちゃんとカウンターをはさんで向き合っていたその人は、大嶺翔太さん。

以前、おばあちゃんのお店の常連さんであった藤居久子さんのお孫さんで、詠子よりも確か、四つ年上のお兄さんだ。二年ほど前にオーストラリアに留学していて、その時、言葉のことで悩んでいた翔太さんは、おばあちゃんのお店「ことむら」の特別なお客さんになったことがある。そして、帰国してからの翔太さんは、亡くなってしまった藤居さんにかわり、このお店の新しい常連さんとなった。藤居さんとちがい、毎日お店に来られるわけではなかったけれど、初めての来店の際、とあるトランプを、「五円玉ローン」で購入した翔太さんは、今もたまにやってきては、おばあちゃんにその五円玉ローンの続きを支払っている。そんな翔太さんと、いつもお店にいるわけでない詠子が顔を合わせるのは、詠子の言葉どおり、とても久しぶりのことだった。

と、そんな感想のようになってしまった詠子のあいさつを受けて、翔太さんは笑う。

「うん、ほんと、すごく久しぶりです。あれ？　えーっと、詠子ちゃん、もう高校生だっけ？」

詠子の制服をちらりと見て、翔太さんが首をかしげる。

詠子は首をふった。

「あ、いえ、まだ中学です。中学三年生、です」

「え、あ、そっか、ごめん。詠子ちゃん、大人っぽいから、つい。ちなみに、俺は四月から無事に大学生になりましたー！」

詠子の年をかんちがいしていたことが恥ずかしかったのか、翔太さんは明るい声でそう言って、おどけたポーズをとる。

詠子は、初めて会った時よりずっとフレンドリーになっている翔太さんのその調子に一瞬、とまどいながらもほほえんだ。

「あ、えっと、おめでとう、ございます」

「本当、めでたいよー。やー、俺、ほんっと、いわゆるテスト勉強用の勉強って得意じゃなくてさー。思いきって舵切って、受験、去年の夏に自己推薦中心に切り替えて、なんとかそれで入れたからよかったけど、でも、それでダメだったらもう一度、ペーパー試験用の勉強に気持ち切り替えなきゃだったから、もう去年は俺の気持ち、もてあそばれまくりだったよー」

にこにこと人懐こい笑顔で苦労話をする翔太さんの話を聞きながら、詠子は藤居さんの言葉を思い出す。

『孫は、翔太は、とっても明るい、いい子でね……。いつも自分から話しかけて、冗談を言って……』

これまで詠子が翔太さんの名前に出会う時は、なにかと深刻な話題が多かったため、つい翔太さんには悲しみや苦しみのイメージがついてしまっていたけれど、藤居さんの言葉どおり、翔太さんはもともと、言葉数の多い、とても明るい人のようだ。

そんな翔太さんの、きらきらと光っているような声を聞きながら、しかし、カウンターの中に立っていたおばあちゃんは、少し眉をよせる。

「日本の大学入試制度は、まだまだ発展途上だからね。最近は、試験の形態も多様になってきたとはいえ、どの試験が自分に合っているか、どのチャンスをどう生かすか、選択肢が増えて、その組み合わせ方に対する、『勉強法の勉強』にも時間を割かなければならない人も増えたと聞く。むろん、人生自体、選択の連続なわけで、その選択ができること自体を幸せと感じるべきなんだろうけど、それでもまだまだ、改善の余地はありそうだねぇ」

思考の海へもぐっていこうとしているおばあちゃんのその言葉が、きっと大切なことを言っているのだろうということは詠子にもわかった。しかしそれは、詠子には少々耳の痛い話で、詠子はつい意識的に、おばあちゃんの思考から目をそらす。

詠子にとって、そう遠くない未来にせまってきているその話は、選択どころか、目標が定まっていない詠子にとっては、悩めること自体が幸せなことのように思えてしまった。

そして、そもそも大学受験の前に、高校受験が控えている詠子としては、そちらにまで考えをおよばせる余力がない。しかし本当は、勉強の場である学校というものは、目標の線の上にならぶ連続体であるべきなのかもしれず、高校は大学を見すえて、大学は社会人を見すえて、選ばなければならないのかもしれない。

そう、思えば、詠子の想い人である桐谷伊織くんは、そうしていた。

脳科学の研究をするために、脳科学者になりたい。

その勉強ができる大学に行きやすい中学、高校に行きたい。

伊織くんは、小学生のころからそう言っていて、今のところ、それを実現してきている。

それにくらべて、自分は……。

と、おばあちゃんとはちがう海にしずみかけてしまった思考を引っぱりあげようと、詠子はいつのまにかまたうつむいていた顔を、ぱっとあげる。

と、そこで目が合った翔太さんは、詠子の突然のいきおいに少しびっくりしていて、詠子はそれをごまかすように、あわてて尋ねた。

「あ、あの、翔太さん、大学……って、楽しいですか」

すると、翔太さんは顔いっぱいに笑顔を広げて笑う。

「超楽しい。授業はまあ、そりゃ退屈なのもあるけど、時間割とかもさ、ほぼ一から自分で決められるから、自分で選んだんだからって思うと、やるっきゃないかーって気になるし、俺んとこは、留学生もいっぱいいてさ、ただどでかい教室で講義受けるだけじゃなくて、しゃべる授業もあって楽しいよ。てか、そう、人が楽しい！　今はまだ毎日、新しい人に出会えるくらい、いろんなやつがいてさー、サークル……っていう、部活みたいのもあんだけど、それがまた超絶楽しいんだよね。ほら、俺、留学先でマジックにはまったじゃん？　けど、帰国してからは受験受験になって、今さら高校のマジック研究会には入れなくてさ。だから、大学でやっとマジックのサークルに入れて超楽しくて……。あ、つっても、その流れで、最近、高校のマジック研にも遊びにいったんだよね。同級生にさ、ちょうどマジック研のやつがいて、後輩に会いに高校遊びに行くっつーからついてったんだけど、やー、レベル高かったわ。やっぱ俺も、帰国してからでも入っとけばよかったよなー」

最高の笑顔で話し出した翔太さんの顔が、そこで少しくもる。

おばあちゃんも、心地よい翔太さんのおしゃべりのリズムに誘われて、思考の海から帰ってきたのか、そんな翔太さんをやわらかな笑みで見つめて、うなずいた。

「ああ、東龍のマジック研究会は昔から有名だからね」

と、そこでおどろいたのは、詠子だった。

思わぬところで、思わぬ学校の名前が出てきて、詠子の声は思わず裏がえる。

「えっ！　翔太さん、東龍なんですか？」

あまりに激しく跳ねた詠子の声に、翔太さんは目をまるくした。

「へ？　ああ、うん、そうだけど。なんで？」

もっともな問いかけに、詠子は考えなしに跳ねてしまった自分の声をうらみながら、あわてて、さしつかえのない言葉を探す。

「あ、えっと、と、友だち、が、いて……。ちょうどマジック研究会で……」

「へー！　名前聞いたらわかるかな？　だれだれ？」

「あ、えっと、き、桐谷、伊織……くん、です」

「えー！　マジか！　俺、ちょうどこの間、話したよ！　というか、向こうから話しかけてきてくれたんだ。あの、留学に興味がある子でしょ？」

「……え？」

なるべくおばあちゃんと翔太さんに、いろいろなことを感づかれないように、と気にしながら話を進めていた詠子の声が、そこで、つまる。

言葉も気持ちも息も、全部つまった。

そして、全部が止まってしまった詠子を前に、翔太さんの顔もかたまる。

「あ、やべ……。やば、かった、かな」

助けを求めるようにおばあちゃんを見やった翔太さんに、しかし、もちろんおばあちゃんも、返す言葉を持っていなかった。

その夜、詠子は眠れなかった。

もやもや、もやもや。

思考は心に遠慮してかたちになることをためらって、しかし、夢の向こうへ去っていってもくれない。

伊織くん、留学するの？　遠くに行くの？

どのくらい？

どのくらいの時間、どのくらい遠くに？　どのくらい本気で？

高校は、どうするの？　あの「秘密あらし」が出た春休みの時、詠子たちといっしょにいることに憧れながらも、それでも自分で選んだ中高一貫校が好きだから、そこでがんばると言っていたのに、なのにそこを出て、遠くへ行くの？

たまに思考が、そんな疑問のかたちになっては、その奥にある気持ちを見せる前に、霧散する。詠子は、悪夢のように脳内をつつき続けるそのクエスチョンマークたちに、パチンコのようにポップコーンをぶつけて、そのおびただしい数のクエスチョンマークたちを退治したいと願った。しかし、ポップコーンはどれもうまくはじけず、すべて詠子の頭の鍋の中でこげついていく。

それで詠子は、ベッドサイドに手をのばし、携帯を手にとった。

なにか、別のことを考えたかった。

しかし、本を読めるほど、思考は読書のもとへ集ってはくれず、SNSを流し見すれば、伊織くんにつながる人の投稿を見るたびに、思考がまた、クエスチョンマークのもとへもどっていってしまいそうになる。

それで詠子は、最近、加入したばかりの言葉屋専用SNS「ミアカルタ」のアプリをひらいた。まだアカウントをつくったばかりで、そもそもまだ一人前の言葉屋を名乗る自信もない詠子はもちろん、まだなんの投稿もしたことがなかったけれど、先日の語くんの、インターネットとガラスの可能性の話を受けて、やはりこのSNSにも加入しておかなければと危機意識を持ち、ひとまず登録した。そして、そんな詠子のアカウントには、おばあちゃんと語くん以外にも、「友だち」としてつながっている人がいる。

おじさん、ではなかった。

Dan Nagata

お父さん、だった。

初めて、ミアカルタに入った時、おばあちゃんの「友人一覧」の中に、その名前を見つけ、詠子はとてもおどろいた。

詠子が知るかぎり、お父さんは言葉屋の家系ではないはずで、もちろんお母さんと結婚していた以上、言葉屋について知らないということはないだろうけれど、まさかお父さんが、詠子よりも先にミアカルタに入っているほど、言葉屋と深くつながっているとは思っていなかった。

その疑問を、少しとまどいながらも直接おばあちゃんにぶつけると、おばあちゃんは少しだけさみしそうな顔をして、言った。

「ダンさんはね、私と同じだった。言葉屋にとても興味を持って、いや、言葉屋の仕事をとても愛していてね、葉子がこの店を継ぐ気がないようだったぶん、自分がこの店を、読といっしょに切り盛りすることはできないだろうかと、真剣に考えてくれていたんだよ」

それで詠子は思い出す。

そういえば、おばあちゃんも言葉屋の家系であったがために言葉屋になったわけではなく、もともと言葉屋の家系であったのは、詠子のおじいちゃんの方で、おじいちゃんの幼なじみとして、小さなころから言葉屋に親しんでいたおばあちゃんは、おじいちゃんのお母さん、詠子のひいおばあちゃんに弟子入りをして、言葉屋になった。

ただ、さまざまな理由により、詠子のお母さんであり、おばあちゃんの娘である古都村葉子は、言葉屋になる気はおそらく今後もなく、一方でおばあちゃんのもうひとりの子どもである古都村読、すなわち詠子のおじさんは、翻訳業を営むかたわら、今でも時間を見つけては、言葉屋の修行を続けている。

「じゃあ、お父さんは今も、向こうで言葉屋を……？」

詠子の問いに、おばあちゃんはほほえんだ。

「おそらくね。くわしくは、私も知らない。でも、私がミアカルタをはじめた時にはもう、ダンさんはそこにいて、すぐに友だち申請をしてくれた。言葉屋は、別に血や家が特別な力を持っているわけではなく、ただ機密性が高いというその特性上、世襲制になりがちだというだけだ。言葉屋の存在を知ったのなら、なろうとしてもちろん、かまわない。私は、正直うれしかったよ。ダンさんがずっと、言葉屋を忘れずにいてくれたことがね」

その話を聞いた時、詠子はお父さんに、「友だち申請」をした。お父さんからは、たとえ詠子を見つけても、遠慮して申請をしてくれないかと思い、詠子から、した。お父さんからはすぐに承諾のリプライが来て、そこには一言、『うれしい』という単語が英語で添えられていた。ただそれ以来、詠子は特に、お父さんとは連絡をとっていない。

そんなお父さんのアカウントが、今、日本では深夜である中、ログイン中であることを告げている。お父さんがいる米国では、今、時間は朝なのかもしれなかった。

とたん、詠子の思考はまた急に、クエスチョンマークに巣くわれる。

距離がひらくと、時間すら、遠くなるの？

今までだって伊織くんには、そんなに頻繁に会えていたわけではなかった。けれど、ふと連絡がとりたくなった時は、携帯のメッセージアプリを通じて、リアルタイムで会話ができた。本当にピンチな時は、通話をして、その場所へ飛んでいくことだってできた。

でも、もし伊織くんが、お父さんのように遠くへ行ってしまったら？　こうして詠子が深夜の思考にさいなまれている時に、伊織くんは、朝のさわやかな光の中で一日をはじめようとしていることになる。

そうしたら、とてもメッセージなんて送れない。

送れ、ない。

そして、その時詠子は、自分でもどうしてそんなことをしてしまったのか、よくわからないことをした。頭では伊織くんのことばかり考えていたというのに、詠子はその時、お父さんのアカウントの、ログイン中を知らせる緑の光にすいこまれるように、なぜか、なぜかそのすぐ横に表示されていた通話ボタンを、押してしまった。

通話画面に切りかわり、詠子はすぐにはっとして、通話を切る。

詠子は、まっさおになった。

今、お父さんは通話には出なかったはずだけれど、きっと、お父さんのところに、着信履歴は残ってしまっただろう。すぐに、まちがいだった、と、メッセージを送らなければならない。

でも、何語で？　英語の方が、きっと、いい。お父さんが日本語をどの程度読めるのか、詠子はよく知らない。でも、英語でなんと打てばいいのだろう。すぐ打たなければならないのに、詠子にとって第一言語ではないその言語では、あせりが言葉を隠した。

そして、そうこうしているうちに。

それは、起こってしまった。

お父さんから詠子に、着信が、返ってきた。

どうしよう、どうしよう、と詠子は思わず、ベッドの中で起き上がって、両手で携帯をぎゅっとにぎる。しかし、かけてしまったのは自分で、このまま通話が切れるのを待って、そのあとに、まちがいだった、とメッセージを送ればそれは、なんだかお父さんとの通話を、会話を避けたようになってしまうかもしれない。

過去を踏まえ、それはしたくなかった。

詠子は、ベッドの上に正座をして息を整えると、意を決して、暗闇の中に浮き上がった、その応答ボタンを、押す。

とたん、携帯の画面が切り替わった。

そして、詠子がその画面の動きに目を見ひらいた時、携帯からは大きな声が飛び出てきた。

「エイコ！　エイ、コ？　だいじょーぶ？　だいじょぶ、ですか？　Oh, no. It's dark. Hey, are you... Are you alright?」

気が動転していて気がついていなかったけれど、お父さんからのその着信はビデオ通話で、詠子の携帯には、かれこれ六年ぶりとなるお父さんのあせった表情が、画面いっぱいに表示されていた。

どうやらお父さんの方は、パソコンから通話をしているようで、お父さんの背後には、窓から日の光がさんさんとふりそそいでいる明るい部屋が見える。ベッドメイクが雑になされたシングルベッドがひとつと、一人でかんたんな食事を済ませるのに具合がよさそうな、ハイテーブルとハイチェアのセットがひとつ。パソコンがおかれているのであろうデスクについているお父さんの背後には、そんな生活が広がっていた。お父さんは今、きっと、自宅にいるのだろう。

そして、思わず、そんなお父さんの姿と生活をぼうっと見つめてしまった詠子は、お父さんの声からだいぶ時間がたってから、お父さんのあわてぶりの意味に気がついた。

お父さんが、暗い、と言ってあわてているということは、そう、お父さんからもこちらが見えているのだ。

寝る努力をしようと消灯したまっくらな部屋の中で、今、携帯の光だけを浴びて浮かびあがっている詠子のぼうっとした表情。それは、お父さんのパソコン画面に、相当な迫力を持ったジャパニーズホラーとして浮かびあがっているにちがいない。

詠子は、あわてた。

「え、あ、ご、ごめんなさい！」

と、必死に手をのばしてベッドサイドのライトをつけると、暖色の明かりが広がった部屋の中で、今さらながら、髪をなでつけ、特にみだれてもいないパジャマのえりを正す。

そして改めて、携帯のカメラを、おそるおそるのぞきこんだ。

すると、詠子の携帯の端にも、お父さんのパソコン画面にうつっているものと同じだと思われる詠子の姿が、小さく表示された。まだ薄暗いとはいえ、先ほどよりは鮮明にうつっているはずの詠子の姿を見て、お父さんは、ほっとした表情を浮かべる。

「Gosh, Thank goodness... ア、エート、ヨカッた。ヨカッた、です」

そしてお父さんは、なんと言えばよいか迷っている詠子を、とてもやさしそうに目をほそめて見つめると、

「どう、しましたか?」

と、ほんの少しだけカクカクとした、けれど、詠子が想像していたよりもずっと流暢な日本語で、詠子に問いかけた。

それで詠子は、おそるおそる返事をする。

「あの、ごめん、なさい。まち、がえちゃったんです。まちがえて、通話ボタン、押しちゃって……。本当、ごめんなさい……」

携帯を手にしながら、ベッドの上に正座をして小さくなっている詠子に、お父さんは一度目をまるくして、それから、少し反応にこまったように目を泳がせる。

「ア、マチガエ……。ソーナノ、マチガエ、ちゃったノ。あー、じゃあ、ぼくも、マチガエ、ちゃったネ、ごめん、ネ」

どうやらお父さんは、詠子になにかあったにちがいないと早とちりをして、あわててビデオ通話をしてしまったことを申しわけなく思ってくれているようで、恥ずかしそうにしている。

そして、ならばすぐに通話を切った方がいいのだろうかと悩んでいるようすのお父さんに、詠子は一度小さく息をすうと、問いかけた。

「お父さんは、元気、ですか」

なぜか、詠子の方の日本語が、カタコトになった。

でも、伝わった。

お父さんは一度、びくりとして、それから、ずっと泳がせていた目を、やさしく、とてもやさしくうるませて、詠子の上に、もどした。

「はい。はい、とても、元気。今ね、とても元気に、なりましたよ」

それから、少したためらったあとに、はにかんで会話を続ける。

「あの、エイコは？　エイコは、元気ですか」

その短い問いかけの中には、いろいろな答えを返せる余白があって、詠子は反射的に「はい」と答えかけた口を、一度閉じた。はい、と答えれば終わってしまうであろうふたりの会話を、終えたくない、と思った。

このまま、小さな声で、もう少しだけ話していたいと、そう思った。

「あの、えーっと、私は、最近、少しだけ、元気が、ないです」

お父さんにつられて、言葉が不思議とゆっくりとていねいに、そして、どこかやさしくなる。

すると、ほほえみながらそう言った詠子に、お父さんの眉は寄った。

「Oh, どうし、ましたか」

そのあたりまえの問いかけに、詠子は少し迷ったすえに、答える。

「うーんと、実はおじさんと、ちょっと、けんかを、して、しまいました」

まさか、好きな人が留学する気かもしれない、とは言えなくて、でも、ここ最近、ずっと詠子の中でくすぶっているもやもやとしたイライラを、お父さんにわかるように説明できる自信もなくて、結局、詠子はそう言った。

お父さんは、目を見ひらく。

「エッ、ドクと？」

「……はい」

「エッ、ア、ソーナノ……。あ、ごめんね、ぼく、ドクとは、ずっと、いい友だち、なんです。なので、よく知ってる。なので、どうして、けんかするか、わからなくて」

お父さんの、そのすなおな言葉に、詠子は思わず黙ってしまう。

すると、お父さんは目に見えてあわてふためいて、

「アッ、いいんですよ、けんか、ＯＫ。でもきっと、今、エイコもドクも、悲しい、ね。ドクとエイコ、ごめんなさい、は、言いましたか？」

日本語の能力のせいなのか、お父さんの中で詠子がずっと、離れた時の八歳の印象で止まっているためなのか、幼子相手に話すような口調になっているお父さんに、しかし、詠子はいらだちよりも、癒やしを感じて、気持ちがやわらぐ。

そして、うなずいた。

「言ったんです。おじさんも、私も。だからもう、かたちではけんかはおしまいになって、

でも、気持ちだけが終わらなくて、なんだかずっと苦しい」

「ソーナノ……。それは、あれ、ですか。どちらかの言葉が、チャント、ぜんぶ伝わらなかったからですか」

「そう……かもしれない、です。私、あの時、すぐ謝ったのに、全然おじさんに言葉が届いていない気がして悲しかった。自分の言葉が、傘にはじかれていく雨粒みたいに見えて、ぱらぱら軽くて……。確かに、軽かった。軽すぎた。でも、おじさんに言葉が届かないのは、おじさんが傘を閉じてくれないからだって、そんな気持ちになって……。そう、あの時、最初からそうだった。なんだか急に、おじさんに馬鹿にされたような気がしたことが、まず悲しかった……」

話しながら詠子は、そもそもの発端の、おじさんの言葉を思い出す。

『大丈夫だよ、詠子ちゃん。言葉屋の商品をつかわないでいられるって、すごく幸せなことだから』

いいことを言われたはずなのに、あの時詠子は、みじんも、うれしくなかった。

おじさんに、線を、引かれた気がした。

そして、思い出されたその言葉が、また詠子の心の奥を刺激して、詠子の言葉は加速する。

「そのあと、おじさんから謝ってくれた時だって、悲しかった。結局、おじさんは謝るだけで、本音は話してくれなくて、私を守ろうとそうしてくれたのはわかるけど、でもこれまではどんな時も、やさしく話を聞いて受け止めてくれてたのに、あの時、いきなり苦笑されて悲しかった。私、そんなひどいこと聞いたつもりじゃなかったのに、なのに、いつもみたいに『おじさん』として受け止めてくれなくて、仕事が忙しかったからとか、寝てなかったからとか、そういう、自分も人間だからしかたないっていう流れで謝られて、私はそれを、すなおに受け入れられなかった。急に、おじさんの皮の一枚目と十枚目が入れ替えられて、おじさんがぐんって遠くに行ったみたいな気持ちになって、なにを言っても通じなくなった気がして、こわかった。いきなり、そんなことをしたおじさんがいやになった」

そして詠子は、そう言いながら、少し涙ぐんでしまっている自分がいやになった。言葉が口から落ちていくたびに、結局は自分が、世の中はどうして自分の思いどおりにならないのだと、幼稚な駄々をこねていることに気がついて、苦しくて、恥ずかしくなった。

久しぶりに話すお父さんに、自分はなにを言っているのだろう。

言葉選びもさることながら、きちんと順序立てて話せていない詠子の話を、きっとお父さんはまったく理解できていないだろう。

それでも、詠子の言葉は止まらなかった。

「でも……もし、そのあと、私が最高学年の、部長としてきちんと新入生の勧誘をがんばって、がんばってがんばって、それで新入生がたくさん入ってくれてたら、たぶん、私もおじさんとすなおに仲なおりできてたのかもしれない。でも、そうじゃなかったの。がんばる前に、部に新入生が入ってくれた。三人も。あっさり。文化祭見に来てくれた時に、ミヤオ先輩と犬飼先輩に占ってもらって楽しかったからって、女の子ふたりと、男の子ひとり、新学期はじまってすぐに入ってくれて、よかった、って思ったけど、結局私の力じゃないし、拍子ぬけして、おじさんになんの報告もできなかった……」

とうとうぽつりと詠子の目から涙が一粒こぼれ落ちて、お父さんは目をまるくする。

そんなお父さんを不憫に思いながら、しかし、詠子の頭はもう、声と同じようにぐちゃぐちゃになっていた。

「ごめん、なさい。こんな、わけの、わからないこと。自分でも恥ずかしいって、おかしいってわかってるん、です。ただ最近、いろんなことが急に変わって、おばあちゃんのお店のこととか、友だちのこととか、ほかにもいろいろ、考えなきゃいけないことあって、私より小さな子たちだってがんばってるのに、私はなんだかとってもひとり、みたいな気持ちになって、だから本当は……おじさんにはずっと変わらず『おじさん』でいてほしかったのかもしれない。まわりがどんなに変わっても、おじさんだけには、おじさんのままでいてほしかった。でも、そんな甘ったれたこと、いつまでも言ってちゃダメだって、頭ではわかってるから、変わらなきゃってわかってるから、それで、それでたぶん、こんなことに……」

とうとう、詠子の言葉が着地する。

激しい荒波にもまれたすえに、詠子の言葉は急に、すとん、と答えの上に落ちた。

そうだったのか、と、自分でもおどろいた。

中学三年生になって、上の学年に頼れない部長になったこと。

お金のことを、今後きちんと考えなければ、おばあちゃんのお店はなくなってしまうかもしれないこと。

語くんの気持ちに助けられ、ゆれながらも、応えられないと思っていること。

しぃちゃんと須崎くんが、このままずっと気まずいままだともう、中一の春休みに図書館に集まり、中二の夏に花火を見たメンバーでは集まれないかもしれないこと。

ばなちゃんは結局もう、学校には来ないかもしれないこと。

先生やまわりの大人が、いつも正しく万能ではないことに気がついてしまったこと。

小さな来夢ちゃんや詩歌ちゃんですら、力をふりしぼってがんばっているというのに、詠子はそういうことに対して、ずっと思うように行動できていなくて、そんな中、いつも心の支えにしていた伊織くんまで、知らないところで遠くに行こうとしていると知った。

結局、詠子は自分の無力さや寂しさから生まれた自分への怒りを、すべておじさんにぶつけたくて、おじさんに自分を、怒りから解き放ってほしくて、しかし、そんなことをしていい年ではないとわかっているから、おじさんを遠ざけて、でも、最後に残った甘えが、その遠ざけ方を、乱暴にした。

おじさんにとって変わったのは詠子の方で、そう思うとおじさんは、なんてかわいそうなのだろう。

ただ。

そうわかったところで結局、詠子は明日からも、自分がおじさんに対する態度をしばらくは変えられないであろうことを、知っていた。

と、急に黙ってしまった詠子を案じたのか、お父さんの、詠子のようすをうかがうような声が、詠子の手の内の携帯からのびてくる。

「あの、ネ。あのね、エイコ」

その声で我に返り、詠子は今度こそ赤面する。

「ご、ごめんなさい。久しぶりに、本当に久しぶりに話したのに、こんな、こんな……」

荒波の去った凪に急にのばなしにされた詠子の心は、ただただ恥ずかしさの中におぼれてしまいそうになる。しかし、嵐が去ったその場所に、詠子のそんな心を隠してくれる波はもうひとつもなかった。

そんな詠子に、お父さんは少しほっとした表情をしながら、首をふる。

「ううん、イーノ、イーノ。よかった、ちょっと落ちついた、ね」

「……はい。ごめんなさい、本当」

「ううん、ごめんね。ぼくはたぶん、今、エイコの話を、ぜんぶは、わからなかった。でもね、エイコ。たぶんエイコはもう知ってるから、だいじょうぶなんですけど、世界には、とてもたくさんの、人間がいます」

「……え？　あ、はい」

「そして、その人間は……前に、少しメールで話したね、みんなちがって、それぞれ、弱いところと強いところが、あります。それから、みんなそれぞれ、たくさんの人と、つながっています。人と話す時、ぼくはよく、自分とその人の間のカンケイしか、世界にはないような気になってしまいますけれど、本当はその人のまわりには、ぼくじゃない人がたくさんいて、ぼくのちかくにも、その人じゃない人が、たくさんいます。そういうことを、ぼくはカイダンをのぼったり、おりたりする時に、よく考えます」

「カイ……階段？　えっと、stairs？」

「はい、そう、そうです。階段。小さいころは、あまり好きではありませんでした。階段を見ると、あの、一番、二番、三番のメダルをわたすところみたいな……。あの、ゴールドメダルの人と、シルバーメダルの人と、ブロンズメダルの人が、メダルを持って写真を撮るところを思い出して、小さいころから足が遅かったぼくは、そういうところにはいつものぼれなかったので、いつも下にいて、恥ずかしくて、悲しかった。でも、オトナになっていく間に、レースはいつもたくさんあることを知りました。一番の人と、最後の人ができてしまうなら、レースなんてない方がいい、という考えの人もいると思いますが、結局、レースがなくても人は、上になったり、下になったり、どうしてもします。上と下は、一番と最後だけじゃなくて、親と子、先生と……生徒、みたいな、カンケイの中にも、あります。先に生まれた人が、先にいるのはアンフェアとは少しちがって、そういう上と下はたまにないと、こまります。ないと、教えたり教えられたり、助けたり助けられたりも、スムーズにできなくなるような、気がします。そう思ったら、階段が好きになりました。階段はのぼったり、おりたりできます。のぼる時は少しタイヘンで、おりる時は少しコワイけれど、みんな、生活のためにのぼったり、おりたりします。その階段が、どのくらいタイヘンかは人によってちがって、階段がムズカシイ人も、もちろんいます。だから未来に、階段を、みんながいつでも楽しく、のぼったりおりたりできるようになったらいいなと、ぼくは、思っています。子どもになったり、おじさんになったり、先生になったり、また子どもになったり、得意になったり、ヘタクソになったり。人はいろいろなレースにたくさん参加して、たくさん階段をのぼったりおりたりすると、いいと思います。そうすると、ひとつのレースの中の一番をもっと大切にできるかもしれないし、ひとつのレースの中の最後を、そんなに気にしなくてすむようになるかもしれません。だからぼくは、ドクに言おうと思います」

急に、おじさんの名前が出てきて、詠子はびくりとする。

そして、意気揚々と気合を入れているようすのお父さんに、不安になる。

お父さんは、言った。

「ドクとエイコとのレースでは、ドクはいつもおじさんでいてください、と、言ってしまおうと、思います」

詠子は、目を見ひらく。そしてその言葉を受けるおじさんを想像して、おじさんがとたんにかわいそうになり、あせった。

「え、あの、それは……」

「いいんです、エイコ。ドクは、ずっとエイコのおじさんです。そのレースを、ドクだって、だいじにしていること、ぼくは知っています。なので、エイコもだいじにしてください。いいと思います。ドクには、ほかのレースを、ぼくがあげます」

そして、それでもなお心配そうにしている詠子に、お父さんはそこでふっと肩の力をゆるめて、ほほえむ。

「それでもやっぱり人間なので、おじさんやお母さんやおばあちゃん、先生はまちがえます。それを許したり、認めたりする心は、とても、とてもとても大切だと思います。でも、そういう人たちの、たったひとつの言葉で、人生が変わる人もいるのも本当で、だからやっぱり、なるべくまちがえないようにするために、レースはたくさん必要です。いつもがんばるレースばっかりじゃなくて、ほっとするレースもあったら、まちがえは少なくなるかもしれません。そして、たくさんレースがあれば、人生を変えられてしまった人も、人生をいいものにできるレースを、また見つけられると思います。人はみんなちがうけれど、だからこそ、いろいろな階段レースをしたら、みんな、たくさん、近づいたり遠くなったりしながら、きっとだんだん、なかよくなれます」

その時詠子には、お父さんに言いたいことがたくさんあって、しかし結局、なにも言えなかった。お父さんが詠子の話をすべて理解できなかったように、詠子もお父さんの言わんとしていることを、本当の意味で全部理解できているか、自信がない。

ただ、お父さんの言葉が必死であったという、そのことに、詠子は今、とても救われていて、詠子の気持ちは、いつのまにか、とても、とても晴れやかになっていた。

夜なのに、朝の光の中にいるような気持ちになった。

そして、そんな詠子の気持ちが、表情から伝わったのか、お父さんは実際の朝の光の中でほほえんだあとに、申しわけなさそうな顔になって、言う。

「さて、エイコ。タイヘンです。実はぼくは、そろそろお仕事に、チコクしそうです」

それで詠子も、はっとしてあわてる。

「ご、ごめんなさい、そうだ、朝……。あ、あの、行ってください。あの、Thank you. ありがとう、です」

あまりの申しわけなさに、詠子の言葉は混乱する。

すると、お父さんは笑ってなにかを言おうとして、それから、はっとした顔になる。

「あ、でも、チョット待ってください。チョット」

お父さんはそう言いながら、どうやらパソコンと同じデスクにのっていたらしいなにかに手をのばす。

そして、それが詠子の見える画面の中に入った時、詠子ははっとして、お父さんは、ほほえんだ。

お父さんは、それをあけて、口にする。

言箱のふたをあけて、中の言葉をすっ、とすった。

そして、詠子に向きなおり、お父さんは口にする。

その言葉を、口にする。

「会いたかった」

詠子は、小さな画面を通じて伝えられたその言葉を、そっと手に取るように、小さく、小さくうなずく。

そして、照れたように笑ったお父さんに、言った。

「お父さん、こんなに日本語、じょうず、だったんですね」

お父さんは笑った。

「勉強、しました。エイコに、会いたかったので」

それで詠子も笑って、そして続ける。

「私も。私も、これからもっと、英語、勉強します。たぶんこれから……。これから、もっと、必要になると思うので」

その言葉にお父さんは、くすぐったそうにほほえむ。

それから、噛みしめるように、言った。

「エイコ、おやすみ、ね」

それで詠子は言った。

「うん。お父さん、いってらっしゃい」

それからふたりは、どちらともなく別れの間をとって、そして通話を切った。

その余韻を心に残したまま、詠子はベッドサイドの明かりを消す。

部屋はまた、まっくらになった。

夜になった。

それでも、詠子がふとんの中で目を閉じると、詠子のまぶたの裏には、明日の青空が広がっていて、その光の中にのびていく階段を一段一段のぼることを想像しながら、詠子はその夜、とうとう、眠った。

いってらっしゃい。

その言葉はその夜、詠子の口の中に、ずっと、ずっと残っていた。


（おわり）

著者

久米　絵美里（くめ・えみり）

1987年、東京都生まれ。慶應義塾大学法学部政治学科卒。『言葉屋』で第５回朝日学生新聞社児童文学賞、『嘘吹きネットワーク』（PHP研究所）で第38回うつのみやこども賞を受賞。著書に「言葉屋」シリーズ、『君型迷宮図』（以上、朝日学生新聞社）、『忘れもの遊園地』（アリス館）、「嘘吹き」シリーズ（PHP研究所）などがある。

表紙・さし絵

もとやままさこ

1982年、神奈川県生まれ。武蔵野女子大学文学部日本語日本文学科卒。イラスト・書籍の挿絵などで活動。詩集『夏の日』『ゴムの木とクジラ』『ぜいたくなあさ』『まどろむ、わたしたち』（銀の鈴社）などで絵を担当している。

久米絵美里先生へのお手紙は、朝日学生新聞社編集部まで送ってください！
〒104-8433　東京都中央区築地5-3-2　朝日新聞社新館13階
朝日学生新聞社編集部「言葉屋」係

言葉屋❽ だんだん階段でまちあわせ

2020年 3月31日　初版第1刷発行
2024年 6月30日　　　第2刷発行

著　者　久米 絵美里

発行者　吉田 由紀
発行所　朝日学生新聞社
〒104-8433　東京都中央区築地 5-3-2　朝日新聞社新館 13階
電話　03-3545-5436

印刷所　株式会社 シナノパブリッシングプレス

ISBN 978-4-909876-09-6　NDC913

「言葉屋」シリーズ（全10巻）作・久米絵美里　絵・もとやままさこ

言葉屋　言箱と言珠のひみつ

朝日学生新聞社児童文学賞 第5回受賞作

小学五年生の詠子のおばあちゃんのお仕事は、町の小さな雑貨屋さん。……と思いきや、本業は、「言葉を口にする勇気」と「言葉を口にしない勇気」を提供するお店、言葉屋だった！詠子は、言珠職人の見習いとして、おばあちゃんの工房に入門する——。

❷ ことのは薬箱のつくり方

言珠づくりにはげむ詠子の毎日は、いつも不思議でいっぱい。言箱のじょうずな見分け方とは？犬にも言葉がある？「大人の悪口」病って、どんな病気？　心の痛みは、どんな言葉なら伝えられる？　翻訳と通訳って同じじゃないの？　言珠と言箱が活躍をはじめます！

❸ 名前泥棒と論理魔法

言葉屋のたまごの詠子も、とうとう中学生！　初めての制服に、変わっていく人間関係。「新しいものパレード」の中で、もみくしゃにされている詠子のもとには、謎の転校生まで現れて……。今日も詠子は、言葉屋修行にはげみます！

❹ おそろい心とすれちがいDNA

中学校生活も落ちついてきた詠子。自分や身近な人たちの内面と向き合うきっかけと立て続けに出会います。お母さんはなぜ言葉屋にならなかったの？　進化する技術に心の種を。本当の恋は何色？　お別れに必要な言珠とは……。詠子はさだめられた運命に立ち向かいます。

❺ いろは暗号歌

「言葉屋会議をしよう！」——そんな語くんの提案からはじまった詠子の春休み。しかしそこに、ある言箱をねらった「秘密あらし」が現れ、詠子たちは暗号解読にいどむことに！　言葉屋シリーズ、初の長編。

❻ 裏方たちとおもてなし

人生みんな主役で、みんな裏方。誰もが裏と表を行き来するこの支え合いの世界で、中学二年生となった詠子は、数学が得意な新しいクラスメイトやおしゃれ好きの旧友、きょうだいのことで悩む後輩と、それぞれの舞台に必要な台詞をいっしょに悩み、考えます。

❼（光）の追跡者たち

中学二年生にも慣れてきた詠子。毒舌とは？　音楽と言葉とは？　女ことばとは？　新しい言箱のつかい方にもふれていく中で、言葉が照らし出す光と影の存在に改めて気がつき、はかなくも力強い光たちとの出会いと別れを経験します。

❾ 鉱石王の館

中学三年生の夏休みは、なんとおばあちゃんとイタリアへ！　言葉屋の秘密が封じられた伝説の言箱を保有する「鉱石王」の館を訪れた詠子は、同い年の女の子ミアと出会い、二人で鉱石王から出題された謎解きに挑みます。外国で、言葉を封じられることの厳しさと可能性を体感しながら、もの言わぬ鉱石たちの魅力にふれた詠子が、最後に見つけた大切な言葉とは……

❿ さようであるならば

大事な人の言葉のかたちが変わっていく未来を前に、立ちすくんでしまった詠子。恐怖と不安に押しつぶされ、声を失ってしまった詠子の前に現れたのは……。詠子が選んだ進路、そして、ながく続いた詠子の恋の結末は？